원경왕후

원경왕후

초판 1쇄 발행 2025년 2월 1일

지은이 황천우
펴낸이 장현수
펴낸곳 메이킹북스
출판등록 제 2019-000010호

디자인 윤목화
편집 윤목화
교정 안지은
마케팅 김소형

주소 서울특별시 구로구 경인로 661, 핀포인트타워 912-914호
전화 02-2135-5086
팩스 02-2135-5087
이메일 making_books@naver.com
홈페이지 www.makingbooks.co.kr

ISBN 979-11-6791-655-6(03810)
값 16,800원

ⓒ 황천우 2025 Printed in Korea

잘못된 책은 구입하신 곳에서 바꾸어 드립니다.
이 책의 전부 또는 일부 내용을 재사용하려면 사전에 저작권자와 펴낸곳의 동의를 받아야 합니다.

홈페이지 바로가기

메이킹북스는 저자님의 소중한 투고 원고를 기다립니다
출간에 대한 관심이 있으시면 부디 making_books@naver.com로 보내 주세요.

원경왕후

황천우 지음

메이킹북스

여는 글

주로 역사소설을 집필하는 입장에서 조선 시대 500여 년이 우리 역사에서 무슨 의미를 주는가 하는 의문을 품게 되었다. 그에 따라 면밀하게 관찰하면서 상당히 부정적인 생각에 빠져들게 된다. 조선이란 나라는 그저 극소수만의 세상이었다고.

왜 필자가 그렇게 간략하게 단정할 수 있었을까. 이는 필자 유년기 시절에 경험한 삶의 환경에서 비롯된다. 1959년 서울 노원(당시는 경기도 양주군 노해면)에서 농부의 아들로 태어난 필자의 어린 시절 삶의 방식은 고려, 조선 시대 일반 백성들의 삶과 조금도 다르지 않았다.

집은 수수와 진흙을 섞어 벽을 세운 초가였고, 지금은 펑펑 쓰고도 남아도는 전기는 그 실체도 알지 못했고, 연료 또한 나무가 전부였고(그런 연유로 마을에서 밥을 짓는 과정에 여러 번 화재가 발생하였음), 수도는커녕 펌프도 없어 개울이나 우물가에서 빨래하고, 날이 밝기도 전에 소 몰고 논밭으로 나가 밤이 되어서야 파김치가 되어 집으로 돌아오고, 어쩌다 계란 하나 먹으면 여러 날이 든든했고….

이 부분으로 인해 조선 역사를 부정적으로 바라보는 일에 대해 혹자는 대한제국 성립 이후부터 당시까지의 과정을 들어 필자의 주장에 브레이크를 걸 수도 있다. 그러나 필자는 당시까지의 삶과 조선 사회를 별개로 간주하지 않는다.

주지하다시피 그 과정을 상세하게 살피면 조선조 이후 일제 치하 36년과 그 여파로 이어진 한국전쟁은 조선이란 나라의 부산물이기 때문으로 실질적인 대한민국의 역사는 한국전쟁이 끝난 이후로 간주함이 타당하다고 본다.

이러한 생각으로 조선의 태동기 즉 조선을 완성한 인물로 거론되는 태종 이방원에게 시선을 돌렸다. 이방원은 조선의 창업과 관련하여 역성혁명이라 언급한 바 있는데, 필자가 살필 때 긍정적 개념의 혁명이 아니라 단지 권력욕에 빠진 자의 쿠데타에 불과했다.

역사에 드러나는 그의 행적을 살피면 그의 시선에서는 국가와 백성보다 자신의 권력이 최우선이었다. 역사는 발전해야 한다는 기본적인 상식도 저버리고 일신의 영달에 치중했고 잘못 꿴 첫 단추로 인해 조선 사회는 다람쥐 쳇바퀴 돌 듯했다. 그 결과 필자는 조선 시대와 조금도 다르지 않은 삶을 경험하게 된다.

이를 근거로 이방원이 첫 단추를 어떻게 꿰었는지 그와 대척점에 섰던 그의 부인인 원경왕후의 입장에서 살피기 시작했고 기어코 이 작품을 선보이게 되었는데 이와 관련하여 흥미로운 이야기 덧붙이자.

필자는 지난해 여름부터 이 작품을 구상하고 집필하기 시작했다. 그리고 원고를 탈고하고 지인들에게 알리는 과정에서 원경왕후를 주동 인물로 사극이 진행될 것이란 소식, 아울러 그녀를 소재로 소설이 발표되었음을 접했다.

그야말로 우연인데, 이에 직면하자 조그마한 갈등이 일어났다. 이른바 필자가 지독하게도 싫어하는 뒷북 치는 행위가 아닐까 하는 생각에서였다. 모쪼록 독자들께서 이를 감안하고 접해주기를 바라 마지않는다.

차 례

자격지심	10
동병상련	23
숙덕(淑德) 낭자	33
맞선	44
첫날밤	58
두 마리 토끼를 잡다	72
분가	84
드러나는 진실	96
강 씨를 우군으로	107
서장관으로	117
위기	126
담판	136
숙부 민개의 항변	146
기지개	156
대비	168
정도전	180
흰 용	190
보위에 오르다	199

순혜옹주와 서경옹주	208
신빈 신씨	218
효빈 김씨	229
의빈 권씨	241
덕숙옹주 이씨	253
숙의 최씨	264
혜선옹주 홍씨	271
숙의 이씨	284
마무리	293
숙공궁주 김씨	302
신순궁주와 혜순궁주	313
간계	323
조선, 첫 단추를 잘못 꿰다	332

자격지심

자격지심

*
*
*   1421년 12월 마지막 날 음양이 교차되는 저녁 무렵 공비전(소헌왕후의 거처)이 초롱에서 흘러나오는 불빛으로 서서히 물들어가고 있었다. 어느 한순간 불빛이 문풍지를 뚫고 들어오는 삭풍에 놀라 갈피를 잡지 못하고 흔들거리기 시작했다.

"되었으니 이제 그만 자리를 물리거라."

흔들리는 불빛을 바로잡기 위해 이리저리 초롱의 심지를 살피는 김 나인의 뒤로 소헌왕후의 낮지만 단호한 목소리가 이어졌다.

"마마…."

"되었다고 하지 않았느냐. 그러니 어서 물러나…."

"중전마마, 상감마마 드시었습니다."

왕후의 말이 채 끝나기 전에 밖에서 상궁의 목소리가 들려왔다. 왕후가 자리에서 일어나 김 나인이 살피는 초롱으로 다가갔다. 초롱의 심지가 뒤틀려 내려앉은 모습을 바라보며 가볍게 한숨을 내쉬었다.

"너마저도 내 마음을 후벼파는구나."

왕후의 독백에 김 나인이 몸 둘 바를 모른다는 듯 고개를 숙이고 몸을 꼬았다.

"네게 한 이야기 아니니 괘념치 말거라. 그러니 이만 물러가거라."

손수 초롱의 심지를 바로 세운 왕후가 김 나인과 함께 문 가까이 다가섰다.

"모시거라."

말과 동시에 문이 열리자 안으로 들던 세종이 의아한 표정을 지으며 멈추어 서 왕후와 김 나인을 번갈아 바라보았다.

"오셨으면 드시지 않고 무얼 주저하십니까."

말과 동시에 김 나인에게 눈짓을 주자 김 나인이 총총걸음으로 물러섰다. 두 사람의 시선이 물러나는 김 나인을 향했다.

"마마, 상을 들이올까요."

상궁의 말을 듣고 고개 돌려 가만히 세종의 얼굴을 바라보았다. 순간 세종의 얼굴에 은근하게 미소가 감돌았다. 왕후가 마치 그 의미를 헤아리기라도 하는 듯 가만히 미소를 보내다 입을 열었다.

"오늘이 금년 마지막 날인만큼 지난 시간도 정리해보고 또 상감께 축하드릴 일이 생겼으니 조촐하게 상을 들이도록 하게."

축하란 대목에 힘을 주어 대답한 왕후가 막 입을 열려는 세종의 팔을 잡아 이끌어 자리에 앉을 것을 권유했다.

"느닷없이 축하라니…."

세종이 왕후의 권유에도 불구하고 어정쩡한 자세를 유지하며 말도 채 마치지 못하고 방 안에서 그 답을 찾기라도 하듯 곳곳으로 시선을 주었다. 왕후가 살며시 미소지으며 곁으로 바짝 다가섰다.

"당연히 축하해야지요. 그러니 어서 자리하세요."

왕후의 미소 짓는 모습을 확인한 세종이 가볍게 고개를 저으며 자리 잡았다. 자리에 앉은 세종의 얼굴을 바라보며 잠시 생각에 잠겨 들었던 왕후가 두 사람 사이에 상 하나 들어갈 공간을 남겨두고 그 앞에 자리 잡았다.

"주상, 소띠 해를 마감하는 심정이 어떠신지요?"

"축하할 일이 있다더니 느닷없이 무슨 말이오?"

"올해가 신축년으로 소띠 해가 아닌지요. 주상 역시 정축년(1397년) 소띠 해에 태어났으니 그 감회가 남다르지 않겠습니까?"

왕후의 질문에 세종이 가볍게 신음을 내질렀다. 금년이 시작되던 날 세종이 왕후에게 '올해는 내 해인만큼 소처럼 우직하게 내 갈 길 찾아가겠다'고 호언장담했던 말이 순간적으로 떠올랐던 모양이다.

"그건 그렇고 축하할 일이라니요?"

세종이 답변이 궁했는지 잠시 초롱을 바라보다 왕후의 얼굴로 시선을 돌렸다.

"먼저 제 질문에 답을 주셔야 도리 아닌가요?"

왕후가 '도리'란 단어에 힘을 주었다. 세종이 그 억양에 주눅 들었는지 가볍게 신음을 내질렀다. 이어 잠시 동안 침묵이 이어졌다. 순간 그 침묵을 방해라도 하듯 상궁의 목소리와 함께 상이 들어왔다.

"제가 한잔 올리겠습니다."

상을 정리한 후 상궁이 물러가자 왕후가 방금 전 상황을 스스로 종료한다는 듯 미소를 머금고 호리병을 들었다. 세종 역시 그 순간을 기다리고 있었다는 듯 표정을 부드럽게 하고 급히 잔을 들었다. 왕후가 호리병을 기울이자 도자기 잔에 술 떨어지는 소리가 청아하게 울려퍼졌다.

"오늘은 세자(문종)를 데리고 신궁(수강궁, 현 창경궁 자리)에 가서 태상왕께 문안드리고 온 것으로 알고 있습니다만."

태종 이방원은 세종에게 보위를 물려주고 상왕으로 물러났으나 1421년 9월 12일 아들 세종에 의해 태상왕으로 존숭되었다. 아울러 세종의 큰아들 이향(李珦, 후일 문종)은 나이 여섯인 동년 10월 27일 왕세자로 책봉되었다.

잔을 비운 세종의 표정이 다시 어두워졌다.
"날이 날인지라, 그리고 아버지께서 세자를 반드시 보아야겠다 해서 함께 다녀왔소."
"태상왕께서 우리 세자를 어찌 대하던가요?"
"할아버지로서 당연히 귀히 여기지 않으시겠소. 그런데 그 빤한 일은 무엇 때문에 묻는 건가요?"
"그저 궁금하여 아무 의미 없이 물어보았습니다."
"정말이오. 혹시 다른 뜻이 있어 그런 거 아니오?"
"다른 뜻이라니요. 그저 아직도 어린 우리 세자를 태상왕께서 탐탁하게 생각하시는가 여쭈어 본 것이라오."
"부인, 혹시 양녕 형님의 일로 그리 걱정하는 게 아니오?"
"무슨 말씀을 그리하세요. 우리 세자는 양녕대군과는 비교

할 수 없지요."

"그야 당연하지요. 그러니 조금도 걱정하지 마시오. 여하튼 중전도 한잔 하지 않겠소?"

잠시 사이를 두었던 세종이 빈 잔을 왕후에게 건넸다. 왕후가 빈 잔과 세종의 얼굴을 번갈아 바라보다 세종이 건넨 잔을 들었다. 왕후의 빈 잔을 채우는 세종의 손이 가볍게 떨렸다.

"중전이 특별히 하고 싶은 말이 있는 모양인데 바로 말해 주시오."

"그러지요."

짧게 답한 왕후가 술잔을 들어 마시는 시늉만 하고 다시 잔을 내려놓았다. 세종의 시선이 왕후의 행동 하나하나를 놓치지 않겠다는 듯이 꿰뚫고 있었다.

"주상께 새로운 동생이 생길 모양입니다."

"뭐라…."

노심초사 고대하며 중전의 말문이 열리기를 기다렸는데 전혀 의외의 말이 나왔는지 세종의 표정이 경악스럽다는 듯 변해가더니 이내 허탈한 듯 한숨을 내쉬었다.

"숙선옹주(후일 선빈 안씨)가 회임하였다고 합니다."

"숙선옹주가, 회임을!"

이번에는 단지 경악스럽다는 반응만 보였다.

"그러니 당연히 축하드려야 하고 말고요."

세종의 표정과는 달리 왕후의 얼굴에는 잔잔한 미소가 흘러내렸다.

숙선옹주는 검교 한성윤 안의의 딸로 궁인으로 입궁하였다가 태종의 후궁이 되었으며, 1421년(세종 3년)에 숙선옹주(淑善翁主)에 봉해지고 그 아버지는 판한성부사직을 제수받았다. 태종은 당시 그녀와의 사이에 경신옹주와 소속옹주 두 딸을 두고 있었다. 이어 1872년(고종 9년)에 정1품 선빈(善嬪)으로 추증되었다.

"왜요, 기쁘지 않으십니까?"

"당연히 기뻐할 일이지만…. 조금은 당혹스러워 그렇소."

"그 무슨 말씀이십니까. 태상왕께서 자식을 잉태하셨는데 아들로서 당연히 축하할 일이 아닌가요?"

잠시 생각에 잠겨들었던 세종이 왕후 앞에 놓여 있는, 왕후가 마시는 시늉만 냈던 잔을 들어 단숨에 비워냈다. 이어 짧지 않은 여운을 남겼다. 이번에는 왕후가 세종의 행동 하나하나를 놓치지 않겠다는 듯 유심히 바라보았다.

그를 의식했는지 세종이 고개 돌려 초롱불을 이어 천장으로 시선을 주고는 다시 가볍게 한숨을 내쉬었다.

"저는 작금 이 상황 이해하기 힘듭니다."

세종이 왕후를 그저 멀뚱히 바라보며 곤혹스런 표정을 지었다. 그를 살피며 왕후가 젓가락으로 안주를 챙겨 세종에게 건넸다. 얼떨결에 받은 안주를 먹는 세종을 바라보며 다시 호리병을 들어 방금 세종이 비워낸 빈 잔에 술을 따랐다.

"대비께서 아니, 시어머니께서 승하하신 지 얼마나 되었다고. 1년도 되지 않은 시점에 봉작은 무엇이고 또 그새를 참지 못해 자식을 회임하다니…."

왕후가 말하다 말고 길게 한숨을 내쉬었다. 그 모습을 바라보던 세종이 잠시 입놀림을 멈추고 다시 천장으로 시선을 주었다.

"주상이라면 그렇게 행동할 수 있겠어요?"

"무슨 말을 그리…. 내가 중전을 얼마나…."

전혀 예상치 못한 질문을 받았는지 세종이 말하다 급하게 얼버무렸다.

"마저 말씀하셔야지요. 얼마나 뭐입니까?"

"굳이 말을 하지 않아도 내가 부인을 무척 생각한다는 사실 잘 알고 있지 않소."

"그러면 태상왕은 작고하신 대비마마를 하찮게 여기셨던 게 아닌지요."

"중전, 어찌 그리 말할 수 있소!"

세종이 순간적으로 목소리를 높였다. 왕후가 잠시 호흡을 고르고 세종에게 따랐던 술잔을 집어들어 천천히 기울였다. 그 모습에 세종이 상당히 당혹스런 듯한 표정을 지으며 그저 바라보기만 했다.

"주상, 차근히 생각해보세요."

왕후가 잔을 비우고 세종을 직시했다.

"무엇을 말이오?"

"지금의 모든 상황 말입니다. 지금 이 조정이 제대로 흘러가고 있는지 심사숙고해 보시라는 이야기입니다."

왕후가 안주도 먹지 않고 세종에게 잔을 건네고 술을 따랐다. 다시 세종의 표정이 곤혹스럽게 변하고 있었다.

"지금 조선의 임금이 누구입니까!"

힘주어 말하는 왕후의 목소리가 가늘게 떨렸다.

"그야…."

세종이 미처 말을 맺지 못했다. 순간 두 사람 사이에 긴장감이 감돌기 시작했다.

"주상은 정녕 주상이 이 조선의 왕이라고 생각하십니까?"

"그야 당연한 거 아니오."

왕후가 재차 질문하자 세종이 마지못해 대답한다는 듯 힘없이 말을 이었다.

"그런데 왜 내 눈에는 그렇게 보이지 않는지 모를 일입니다. 지금 태상왕의 행태를 살피면 주상은 그저 허울만 왕이 아닌가 하는 생각이 듭니다."

"중전은 지금 아버지께서 그동안 해오신 일들로 인해 그리 비약하는 모양인데, 결국 모든 일이 나를, 즉 왕권을 강화하기 위함이 아니었겠소?"

"지금 왕권이라 하였습니까?"

왕후가 왕권이란 단어에 힘을 주었다.

"당연한 일 아니오. 비록 내가 보위에 올랐으나 우리 조선의 반석을 굳건히 하기 위해, 왕권을 확고히 하기 위해 아버지께서 내 대신 궂은일을 마다하지 않고 계신 거 아닙니까?"

왕후가 왕권을 되뇌며 피식 웃었다.

"그러면 생전에도 그러했지만 이미 작고하신 대비마마를 그토록 능멸하고 또 권력에 대해 조금의 야심도 지니지 않았던 내 아버지와 숙부를 주륙한 일 역시 왕권 강화를 위한 고육지책이었단 말입니까!"

한순간 왕후의 눈에 핏발이 일기 시작했다. 왕후의 눈에 일기 시작한 핏발만큼 세종의 얼굴이 창백하게 물들어갔다.

"물론 그 과정에 불미스러운 일도 있었지만 따지고 보면 그 모든 일이 왕의 권위를 공고히 하기 위해 그러신 게 아니었겠소."

"그게 아니지요. 왕권 강화는 단지 구실에 불과했지요. 그 일들은 태상왕의 자격지심으로부터 비롯된 게지요."

"자격지심이라니요?"

되묻는 세종의 목소리에 힘이 빠져 있었다.

"스스로 당당하지 못해서, 자신의 내면에 감추어진 열등감을 감추기 위해 저지른 일들에 불과하지요."

"부인!"

"말씀해보세요."

왕후의 표정이 정상을 찾아가고 있었다.

"아무리 그렇다고 해도 어떻게 부인이 그리 말할 수 있소!"

"주상, 저는 주상의 아내지만 한편으로 공비(왕비)입니다. 공비는 이 나라와 전혀 상관없는 사람인가요?"

"그건 아니지만…."

"주상이 생각하는 공비는 어떤 존재인가요?"

"당연히 내명부를 관리하고 감독하는 자리지요."

"그런데, 대비마마께서 내명부를 관리 감독하셨는가요?"

세종의 표정이 곤혹스럽게 변하고 있었다.

"주상, 이거 아세요.?"

"무엇 말이오!"

세종이 급히 왕후의 말을 가로챘다.

"태상왕의 자격지심으로부터 이 모든 일이 비롯되었다고 한 말은 내 말이 아니라 바로 대비께서, 시어머니께서 하신 말씀입니다."

"어머니께서!"

"그래요. 시어머니께서 생전에 제게 하신 말씀입니다. 자신과 지근거리에 있는 사람들의 목숨을 앗아가고 주변 모든 여자를 자신의 소유물인 양 마음대로 취급한 그 모든 일은 태상왕의 자격지심 때문이라 하셨습니다."

동병상련

동병상련

*
*
*　　"대비마…, 어머니!"

소헌왕후가 시어머니인 대비(원경왕후)가 학질에 걸려 몸져누웠다는 소식을 접하고 낙천정(지금의 서울 광진구 자양동에 위치했던 이궁)을 찾았다. 병에 걸린 지 얼마 되지 않았건만 서서히 죽음의 그림자에 휩싸여가는 대비의 모습을 확인한 왕후가 누워 있는 대비의 몸으로 쓰러지듯 상반신을 기울였다.

그런데 상세하게 살펴보니 대비의 외형만 그런 게 아니라 몸 안에서도 서서히 생기를 잃어가고 있었다. 대비의 몸에 밀착한 코를 통해 미약하지만 그 냄새가 전달되고 있었다. 그를 감지한 왕후가 오열을 터트렸다.

"중전이, 언제 왔…."

눈을 감고 있던 대비가 눈을 뜨며 자신에게 기울어져 온 왕후의 어깨를 가볍게 쓸어주었다. 순간 문 밖에 머물다 왕후가 방문했다는 전갈을 받고 들어온 여인이 급히 다가와 대비의 상반신을 일으켜 세웠다.

"차마 오래…."

대비를 일으켜 세워 품에 안은 여인이 울먹이며 말을 끝맺지 못했다. 왕후가 눈물을 거두며 그녀에게 시선을 주었다. 30대 초반으로 보이는 여인의 모습이 낯설게 느껴지지 않았다.

"그런데 누구…."

"중전은 이 여인을 모르겠느냐?"

왕후가 여인을 주시하며 의아한 표정을 짓자 대비가 잠시 몸을 추스르고 나직하게 말문을 열었다.

"중전마마, 오랜만에 뵈옵니다."

왕후가 자신을 바라보며 공손하게 고개 숙인 여인의 얼굴을 찬찬히 살펴보았다. 분명 어디선가 한번쯤은 본 적 있는, 전혀 생소한 사람은 아니었다.

"어디선가 보았음직하온데…."

"자주 접하지 않았으니 그럴 수밖에. 이 여인은 내 동생 무휼의 아내의 언니라네. 아참, 중전과도 관계가 이어질 터인데."

왕후가 잠시 생각에 잠겨들었다. 대비의 셋째 남동생인 민무휼이라면 왕후와도 긴밀한 관계를 즉 민무휼의 사위가 바로 왕후의 동생인 심준이기 때문이었다. 잠시 생각에 잠겨들었던 왕후가 여인의 손을 잡았다.

"몰라보아 미안합니다, 사돈."

"자주 찾아뵙지 못한 제 불찰이 크옵니다. 그리고, 사돈이라니 당치 않으십니다. 그냥 하대해주세요."

"그럴 수는 없지요. 그나저나 동생으로부터 남편과 사별했다는 이야기를 들은 듯합니다만. 어떻게…."

여인이 대답 대신 가볍게 한숨을 내쉬고 대비에게 시선을 주었다.

"그래서 내가 부탁했네. 염치 불고하고 내 곁에 머물러 달라고."

"대비마마, 오히려 제가 황공하옵지요. 머무를 곳이 마땅하지 않은 저의 곤궁한 처지를 살피시고 구원해주셨으니 제가 몸 둘 바를 모르겠습니다."

왕후가 가만히 여인의 얼굴을 바라보았다. 애써 밝은 표정을 짓고 있는 여인의 얼굴에 어두운 그림자가 언뜻언뜻 비치고 있었다. 불충의 죄를 범했다는 이유로 자진했던 대비의 동생 민무휼로 인해 자신의 동생 역시 먼 곳으로 유배당했다. 또한 동생의 자식들은 모두 아버지가 도맡아 키우고 있었다. 그런 상태에서 남편과 사별한 여인이 친정으로 돌아가기도 막막할 터였다.

왕후가 그녀의 상황을 살피고 비록 유배는 당하지 않았으나 천민으로 전락한 어머니를 떠올려보았다. 절로 가슴이 무거워지고 있었다.

"사정이 참으로 안타깝게 되었습니다."

"아무러면 중전마마께 비하겠습니까."

말하는 여인의 얼굴에 진정이 배어 있었다.

"그래, 사부인은 가끔 찾아뵙고는 하느냐?"

대비가 왕후의 속내를 읽은 모양이었다.

"당연히 그리해야 하건만…."

왕후가 말을 맺지 못하고 시선을 천장으로 주었다.

"내가 괜한 걸 물어보았구나. 상왕이 버젓이 버티고 있으니 언감생심 꿈도 못 꿀 일임을 알고 있으면서."

말끝을 흐린 대비가 가볍게 한숨을 내쉬자 왕후와 여인 역시 한숨을 내쉬었다.

"이보게, 며느리가 왔는데 다과라도 내와야 도리 아니겠나."

여인이 순간적으로 아차했는지 대비를 두른 팔을 조심스럽게 빼내려 했다. 대비가 그를 만류하며 밖을 향해 다과를 들여오라 지시하고 여인의 품에서 벗어나 자세를 바로 했다.

여인이 잠시 근심스런 표정을 지으며 대비의 상태를 살피다 왕후 곁에 다소곳이 자리했다.

"내 이제 시간이 그리 많이 남지 않은 듯한데 오늘 며느리와 함께 시간을 가져보세나."

"어머니!"

"대비마마!"

왕후와 여인의 입에서 동시에 외침이 흘러나왔다.

"너무 슬퍼하지 말게나. 이즈막에 들어 지난 시간을 회고하고 또 앞날을 생각해보니 삶과 죽음에 대한 생각이 새롭게 변화되었다네. 죽음 역시 삶의 한 방법이란 말일세. 그런데 한편 살피면 삶보다는 오히려 죽음이 평안을 가져다 줄 듯해. 특히 죽지 못해 살고 있는 지금의 내 경우는 말이야."

두 여인의 눈가에 서서히 이슬이 고이기 시작했다. 남동생 네 명이 모두 상왕으로 인해 생을 달리하고 친정이 풍비박산 났으니 그 속이 어떨지 능히 짐작되었다.

"중전은 지금의 자초지종을 아는가?"

대비의 말에 왕후가 여인의 얼굴로 시선을 주었다.

"왜 작금의 상황에 처하게 되었는지 그 이유를 묻는 거라네."

"혹시, 상왕 전하…."

"그래. 바로 상왕의 욕심이, 상왕의 못난 자격지심이 지금에 혼란을 불러 일으켰다고 보는 게 정확하겠지."

"자격지심이라니요?"

왕후가 쉽사리 이해되지 않는지 살짝 목소리를 높였다.

"말 그대로일세. 자신이 당당하지 못하기에 다른 사람에게 그 졸렬함을 전가해서 자신의 약함을 감추고자 함에서 비롯되었다네. 그래서 내 동생들은 물론 중전의 아버지와 숙부가 그리 된 거라네."

"어머니, 제 짧은 생각으로는 이해되지 않습니다."

"우리 집안도 그렇지만 자네 집안을 생각해보게."

왕후가 가만히 어린 시절 할아버지 심덕부의 무릎에 앉아 재롱부렸던 일을 떠올렸다. 할아버지 심덕부는 고려 말 그리고 조선 초에 들어 태조 이성계에 필적할 만한 인물로 주위의 칭송이 자자했었다. 또한 그 뿌리를 살피면 당시까지 변방에 머물렀던 이성계 가문은 비교도 되지 않을 만큼 세도를 누리고 있었다.

그런데 할아버지께서 작고하시고 왕후가 공비에 오르자 상왕이 아버지 심온을 영의정에 임명하고는 얼토당토않은 일을 일으켜 잔악무도하게 죽음에 이르도록 했다. 생각이 그에 이르자 절로 한숨이 흘러나왔다.

"결국 왕의 권위를 보호하려고 그리하셨다는 말씀이신지요?"

"왕의 권위 보호는 그저 허울 좋은 변명에 불과할 뿐이야. 가만히 사돈 어른의 경우를 생각해보게."

대비의 지적에 왕후가 아버지 심온의 경우를, 아버지를 대역죄인으로 둔갑시키는 기폭제로 작용했던 강상인의 옥사에 대한 기억을 더듬어 보았다.

이방원이 세종에게 보위를 넘기고 상왕으로 물러나면서 국가 중대사와 병권은 자신의 권한으로 일임하였다. 그런데 당시 병조참판이었던 강상인이 병조의 업무를 세종에게만 보고하는 일이 발생했다.

그 일로 이방원의 분노가 극에 달하게 되는데 당시 강상인과 척을 지고 있던 박은 등이 이간질을 펼치기 시작했다. 그 결과 강상인이 추궁을 당하여 귀양을 가면서 사건은 마무리되는 듯했다.

그러나 이방원에 의해 영의정에 오른 심온이 세종이 보위에 오른 일을 고하기 위해 사은사로 명나라로 향하는 길에 그를 배웅하는 사람들이 구름같이 몰려들자 이방원은 자신의 처가를 몰살시켰던 일을 떠올린다.

그런 이유로 다시 강상인 사건을 들추어내어 동 사건에 심온과 그의 동생 심정 등을 연루시키고 심온이 명나라에서 돌아오자마자 체포하여 압슬형의 모진 고문을 가하여 강제로 동 사건에 연루되었음을 자인하게 하고 제거했다.

당시 아버지가 입국하면 죽음을 면치 못하리라는 사실을 접한 왕후는 사가의 여종을 몰래 압록강변으로 보내 아버지로 하여금 입국하지 말도록 종용하였다. 그러나 심온은 왕후의 간절한 부탁에도 불구하고 왕후인 딸의 입지를 생각하며 그대로 입국했다.

그 일로 사가의 여종은 차가운 압록강에 뛰어들어 자살하고 심온은 기다리고 있던 관군에 의해 압류되어 처참하게 죽음을 맞이했다.

"사돈 어른이 왕의 권력을 탐할 사람이던가?"

대비의 지적에 왕후가 힘없이 고개를 가로저었다. 아무리 양보해 생각해보아도 아버지 심온은 권력과는 거리가 멀었다. 천지개벽이 일어난다고 해도 권력은 절대로 탐하지 않을 사람이었다. 그 사실 상왕 역시 알고 있었다. 그럼에도 불구하고 권력을 탐할 가능성이 있다는 이유만으로 아버지를 처참하게 죽였다.

"내 친정 역시 마찬가지일세."

"그런데, 왜…."

대비와 왕후의 대화에 여인이 조심스럽게 끼어들었다. 대비가 잠시 여인을 바라보다 왕후에게 시선을 돌리며 한숨을 내쉬었다.

"상왕의 못된 고질이지, 암 그렇고 말고."

한탄조에 가까운 대비의 말에 두 여인이 동시에 주변을 둘러보았다.

"내 경우를, 지금 상왕 주위에 머물러 있는 여인들을 생각해보게나."

두 사람의 근심스런 표정과는 달리 대비의 표정은 담담했다. 두 여인이 대비의 표정을 살피며 침묵을 지켰다.

"일일이 열거하기도 힘든 후궁들 문제도 그러하지만 이 모든 일이 상왕의 자격지심에 근거하고 있네."

"그런데 왜 어머니께서 상왕과 함께하셨는지요?"

왕후의 질문에 대비가 창문을 뚫어져라 바라보았다.

숙덕(淑德) 낭자

숙덕(淑德) 낭자

*
*
* "아씨, 이 고을 이름이 뭐예요?"

가을이 깊어갈 무렵 열일곱 살의 숙덕(후일 원경왕후)이 부소산(송악산) 초입에 들어서자 앞서 가던 몸종, 어림잡아 열 살 정도 되어 보이는 소끔이 눈을 동그랗게 뜨고 걸음을 멈추었다.

"이름이 그리도 궁금하니?"

"너무나 아름다워서 그래요. 근처에 살면서 이런 곳이 있는지 정말 몰랐어요."

숙덕이 대답에 앞서 저만치 산 위로 시선을 주었다. 그곳으로 이어지는 조그마한 길 옆으로 앙증맞은 시냇물이 졸졸거리며 흐르고 그 가까이 옆으로 온갖 나무들이 형형색색의 단풍을 자랑하고 있었다.

"이 산이 그리고 이곳이 네 눈에는 어떻게 보이니?"

소끔이 숙덕의 질문에 잠시 어리둥절한 표정을 짓다 고개 돌려 산 이곳저곳을 훑어보았다. 그리고는 이내 고개를 갸웃거렸다.

"마치 단풍이 특히 빨간색 단풍이 구름처럼 줄지어 서 있는 듯 보입니다요."

숙덕이 소끔을 바라보며 그저 웃기만 했다.

"왜요, 아씨. 제가 잘못 보았나요?"

"아니야, 네가 너무나 정확하게 봐서 그래. 그래서 이 고을 이름이 자줏빛 노을이란 의미를 지니고 있는 자하동(紫霞洞)이야."

"자줏빛 노을의 자하동이요?"

"저녁에 태양이 산 너머로 기울 무렵이면 이 고을 전체가 발갛게 보이기에 그런 이름을 지니게 된 거야."

잠시 고개를 갸우뚱거렸던 소끔이 다시 앞서 나가기 시작했다. 흡사 자줏빛 노을 속으로 당장이라도 들어갈 듯 보였다. 그녀의 뒷모습을 바라보자 문득 며칠 전의 일이 떠올랐다.

"부인이 말하는 게 좋을 듯해요."

숙덕이 안채에 들어 자리 잡자마자 아버지 민제가 헛기침을 흘리며 어머니 송 씨에게 시선을 주었다. 숙덕이 아버지의 머뭇거리는 모습을 보다 어머니에게 시선을 주었다.

"어머니, 무슨 일인데 그래요?"

말을 마치자마자 어머니를 향하던 시선을 아버지에게 옮겼다. 아버지가 다시 헛기침하며 고개를 슬쩍 돌렸다.

"아버지 제자 중에 한 사람이 너한테 단단히 빠진 모양이야."

어머니가 마치 심드렁하니 말을 받고는 아버지를 바라보았다. 그 의미, 성균관의 사성으로 근무하고 있는 아버지로 하여금 말을 이으라는 의미였다.

"숙덕아."

"네, 아버지."

"혹시 국학(성균관) 학생으로 있는 이방원이라고 아느냐?"

"이방원이요? 금시초문인데요."

"하기야, 네가 알 턱이 없지. 이방원이 누군가 하면."

민제가 잠시 말을 끊었다.

"요즈음 세간에 화제가 되고 있는 이성계 장군에 대해서는 들은 바 있겠지."

"그분에 대해서는 흘러가는 말로 들었어요. 함경도 영흥 출신으로 싸움에는 귀신에 가깝다고요. 특히 활을 잘 쏘신다고. 그러면 혹시…."

"그래, 바로 그 사람의 다섯째 아들이란다."

잠시 침묵을 지키던 어머니가 나섰다.

"그런데 그 사람이 왜요?"

어머니가 잠시 아버지의 얼굴을 살피다 입을 열었다.

"이성계 장군의 작은 부인의 어머니 되는 분이 오늘 방문해서 이야기를 나누었는데 그 사람이 너를 배필로 간절하게 원한다는구나."

"저를요?"

"네가 아니면 절대로 가례를 올리지 않겠다고 으름장까지 놓고 그런다는구나."

"그 사람이 저를 어떻게 안다고…."

"너를 보고 여러곳에 수소문을 넣은 모양이야."

숙덕이 아버지와 어머니의 얼굴을 번갈아 바라보며 잠시 침묵을 지키다 얼굴을 살짝 붉히며 입을 열었다.

"무슨 이야기인지 대충 이해돼요. 그런데 작은 부인의 어머니라니요. 작은 부인은 무엇이란 말인가요?"

숙덕이 작은 부인이란 말에 힘을 주었다.

"말 그대로 후처를 의미하지. 여하튼 그분의 어머니로 나와 가깝게 지냈던 분인데, 그보다도 오래전에 작고하신 그분의 남편이 문화찬성사를 지내시면서 네 아버지와 가깝게 지내셨던 분이야. 그래서 그분이 나서신 거지."

"그런데 어떻게 중혼이 가능해요? 그리고 이성계 장군은 고려 사람이 아니라는 이야기도 들리던데, 그래서…."

고려의 경우 왕을 제외하고는 중혼이 허용되지 않았다. 그러나 당시 원나라의 경우 일부다처의 풍습을 지니고 있었고 여진인들이 많이 기거했던 영흥은 한동안 원나라에 속했던 터였다. 아버지와 어머니의 사랑을 듬뿍 받으며 다복하게 성장했던 숙덕으로서는 차마 이해되지 않는 모양이었다.

"그 이야기는 차차 하기로 하고, 이방원에 대해 이야기하마."

민제가 서둘러 아리송한 표정을 짓고 있는 숙덕의 말문을 막았다.

"그래요. 이방원이란 사람이 숙덕에게 빠져도 단단히 빠진 모양이던데…."

어머니가 막상 말을 했지만 개운하게 마무리 짓지 못했다.

"저를 어떻게 알고…."

"전날에 네가 이 아비를 찾아 국학에 왔을 때 먼 발치에서 보았던 모양이야."

민제가 서둘러 이방원에 대해 언급하기 시작했다. 현재 나이는 열다섯으로 비록 변방에서 성장하기 시작한 무인 집안의 아들이지만 다른 아들들과는 달리 국학에 수재급으로 입학할 정도로 문무를 겸비할 수 있는 영특한 인물임을 부각시켰다.

"아버지와 어머니의 의중은 어떠신가요?"

민제의 짤막한 설명이 이어지자 숙덕이 차분한 표정을 지으며 두 사람의 얼굴을 번갈아 바라보았다.

"우리 생각보다도 당사자인 네 생각이 중요하지 않겠니."

민제가 차분하게 말을 받았다.

"어머니, 아버지. 저는 두 분의 뜻에 따르도록 하겠어요."

"네 마음 충분히 안다. 그러나 부부의 연이란 가문 즉 두 집안 간의 관계도 중요하지만 그보다 당사자들의 뜻이 더욱 중요한 일이야."

차분하게 이야기하는 아버지의 얼굴을 주시하다 어머니에게 시선을 돌렸다. 순간적으로 어머니의 얼굴에 어두운 그림자가 스쳐지나갔다.

"어머니, 혹시 마음에 걸리는 일이라도 있어요?"

송 씨가 즉답을 피하고 민제를 바라보았다.

"왜 그러오?"

"중신을 주선한 그 부인의 경우야 우리가 모두 인정할 수 있지만, 이성계 장군 집안 내력이 자꾸 마음에 걸립니다."

"부인, 부인의 염려 이해되지 않는 게 아니오. 그러나 과거보다 현재 그리고 앞날이 더욱 중요한 거 아니겠소. 그러니 그 대목은 그냥 묻어두고 갑시다."

방금 전에도 그러했지만 아버지가 이성계의 내력에 대해 의도적으로 함구하는 듯 보였다.

"그래요, 아버지. 정작 중요한 건 현재고 또 미래니까요."

"자꾸 네게는 다소 어울리지 않지 않느냐 하는 생각이 드는구나. 네가 누구냐. 바로 우리 집안에, 그야말로 복덩어리 아니냐."

복덩어리, 어머니는 자주 숙덕에게 이야기하고는 했다. 내리 딸을 낳고, 숙덕이 태어난 이후 연거푸 떡두꺼비 같은 아들 넷을 낳았다는 이유로 어머니는 숙덕이 지니고 있는 복을 꼽고는 했었다.

"허허, 참. 부인도."

"그래서 조금은 서운하다는 생각이 들고는 합니다."

"물론 나도 그렇게 생각하오. 그러나 앞날은 인간이 점치기 힘든 일인 만큼 우리 전적으로 숙덕에게 일임합시다."

"당신의 뜻이 그러하시면 그렇게 하시지요."

어머니의 얼굴에서 미세하게 미소가 감돌기 시작했다.

"아버지와 어머니께서 그리 생각해주신다면 제가 직접 그 사람을 만나보고 제 생각을 말씀드리도록하겠습니다."

잠시 생각을 멈추고 앞으로 시선을 주었다. 소나무와 잣나무들이 앞다투어 위용을 자랑하는 저만치에 흐릿하게 '정국안화지사(靖國安和之寺)'라 쓰인 현판이 시선에 들어왔다. 앞서 가던 소끔도 그를 발견한 모양으로 걸음을 멈추고 숙덕을 바라보았다.

"아씨, 혹시…."

"혹시 뭐란 말이냐?"

"단순히 단풍 구경하는 게 아니라… 사람을 만나러 온 게 아닌지요."

"소끔이 일석이조라는 말을 모르는 모양이네."

소끔이 일석이조를 되뇌며 고개를 갸우뚱거렸다.

"일석이조란 돌 한 개를 던져 두 마리의 새를 잡는다는 의미로 하나의 일로 두 가지 이득을 취하는 걸 의미하지."

"혹시 임도 보고 뽕도 딴다는 그런 말 아닌가요?"

눈을 동그랗게 뜨고 반문하는 소끔의 모습을 살피자 숙덕의 얼굴이 절로 발갛게 물들어갔다. 그 모습을 바라보던 소끔이 가볍게 손뼉을 쳤다.

"아씨, 제 말이 맞지요. 요 근래에 아씨께 중신이 들어왔다는 말이 들리던데요."

숙덕이 대답 대신 고개 돌려 안화사로 시선을 주었다.

"그러면 절에서 누군가를 만나시는 건가요?"

숙덕이 대답 대신 가볍게 심호흡하고 앞으로 나섰다. 그를 살핀 소끔이 언제 그런 일이 있었냐는 듯이 숙덕을 제치기 시작했다. 그러기를 잠시 후 일주문에 도착한 소끔이 멈추어서 숙덕이 오기를 기다리고 있었다.

"향적당으로 길을 잡도록 하거라."

숙덕의 말을 기다리고 있었다는 듯이 바로 그 순간 숙덕의 낯에 익은 스님, 안화사의 주지인 준 상인(승려)이 소끔의 곁으로 다가서고 있었다.

"낭자, 기다리고 있었습니다."

숙덕이 의아한 표정을 지으며 가볍게 합장했다.

"어떻게 제가 올지 아시고…."

"범상치 않아 보이는 젊은 친구가 일찌감치 도착하여 절 이곳저곳을 둘러보기에 소승이 그 연유를 물어보았습니다."

"그래서요?"

"그 사람 대답이 걸작입디다. 보름달을 이곳에서 만나기로 했다고 하더이다."

"보름달이요!"

숙덕이 되뇌자 준 상인이 당연하다는 듯 미소를 보였다. 그를 바라보며 숙덕 역시 실없는 미소를 보냈다.

"그 젊은이가 지금 향적당에서 학수고대하고 기다리고 있으니 어서 걸음을 옮기시지요."

주지의 부드러운 제안에 숙덕이 천천히 걸음을 놓아갔다. 오래지 않아 향적당에 이르자 댓돌에 신발이 가지런히 놓인 모습이 시선에 들어왔다. 잠시 멈추어서 그 신발을 바라보자 안에서 인기척을 느꼈는지 문이 열리며 신발의 주인이 모습을 드러냈다.

"숙덕 낭자, 이방원입니다."

숙덕의 시선이 방원에게 꽂혔다. 순간 아차 했다. 무인 집안 아들이라 기골이 장대하고 거칠게 생기지 않았을까 생각했는데 전혀 딴판, 차라리 귀공자의 모습을 띠고 있었다. 다시 찬찬히 살펴보았다. 솜털이 듬성듬성 난 얼굴이 붉게 물들어 있었다.

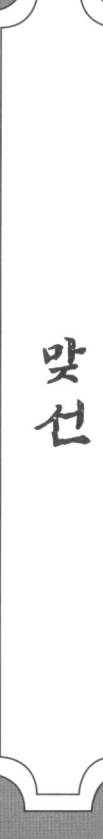

맞선

맞선

*
*
*   "한참 전에 오신 걸로 알고 있습니다만. 홀로 적적하지는 않았는지요?"

자리를 함께하고 상견의 예를 갖추고 나자 숙덕이 향적당 내부를 찬찬히 훑어보았다. 순간 방원의 시선이 한곳으로 향하고 있었다. 의아한 마음이 일어나 방원이 주시하는 곳으로 고개 돌렸다. 하얀 벽지 위에 두 편의 시가 가지런히 모습을 드러냈다.

이호연과 함께 자하동에서 놀고 있노라니, 밀직 정포은(정몽주)과 판서 이사위가 술을 가지고 찾아왔기에 저녁이 되어 돌아오다

이색

사방 높고 높은데 몇 이랑 널찍하여

큰 소나무 그림자 엷고 물소리 차갑네

선경이 여기 말고 다른 데 따로 있겠느냐

염관도 냉관에게 이미 자리 양보하였네

근년에 산골짝에 폭우 쏟아져

당년에 돌부리는 날리는 여울과 희롱하네

사문 모이고 흩어짐은 모두 하늘의 선물이니

달빛 속에 말 타고 술에 취해 돌아왔네

與李浩然遊紫霞洞。鄭圃隱密直, 李判書士渭携酒相尋。至晚而歸。

(여이호연유자하동. 정포은밀직. 이판서사위휴주상심. 지만이귀)

四面崔嵬數畝寬(사면최외수묘관)

長松影薄水聲寒(장송영박수성한)

便知異境非他境(갱지이경비타경)

已見炎官避冷官(이견염관피냉관)

近歲洞門逢急雨(근세동문봉급우)

當年石角弄飛湍(당년석각롱비단)

斯文聚散皆天賦(사문취산개천부)
半醉歸來月照鞍(반취귀래월조안)

염관(炎官)도 ~ 양보하였네 : 한여름임에도 불구하고 차가운 기운이 감돈다는 의미임

사문(斯文) : 유학자에 대한 존칭

이색 선생의 시에 차운하다. 칠석에 안화사에서 놀다

정몽주

이색 선생은 예의가 너그러우시어
냇가에서 술 마시고 읊으니 두건 시원하네
멋진 손님 모시고 함께 놀기 정말 좋으니
태관이 부족하다고 공급을 어찌 싫어할까
백 길의 푸른 소나무 햇볕 가려 주고
한 쌍의 물총새 세찬 여울에서 솟구치네
대문 앞 가까이 맑고 시원한 장소이니

비로소 공을 모시고 잠시 안장 풀고 쉬네

次牧隱先生詩韻 七夕遊安和寺

(차목은선생시운 칠석유안화사)

牧隱先生禮數寬(목은선생예삭관)

臨溪觴詠幅巾寒(임계상영복건한)

留連正好携佳客(유련정호휴가객)

供給何嫌欠太官(공급하혐차태관)

百丈蒼髥遮畏景(백장창염차외경)

一雙翠羽起驚湍(일쌍취우기경단)

門前咫尺淸涼地(문전지척청량지)

始得陪公一卸鞍(시득배공일사안)

태관(太官) : 궁중의 음식을 맡아보는 벼슬

*數(수) : '자주'의 의미를 지닐 때는 '삭'으로 표기

"혹시 아시는 분들인가요?"

방원이 고개를 갸웃거리며 숙덕에게 시선을 주었다.

"이즈막에 고려 사회에서 두각을 드러내는 분들로 알고 있습니다. 그런데 도령께서는 이분들을 잘 알고 있는 듯합니다."

"목은 선생은 그 명성으로 인해 익히 알고 있고, 정몽주는 제 아버지와 잠시지만 인연이 있었습니다."

"인연이라면?"

숙덕이 차마 믿기지 않는지 슬그머니 말꼬리를 올렸다.

"몇년 전에 황산에 침입한 왜구를 물리칠 당시 정 선생께서 아버지의 종사관으로 참여한 적이 있었지요."

"그러면 두 분 사이는 물론이고 도령과도 상당히 가까운 관계를 유지하고 있겠네요."

"실은….'

방원이 잠시 말을 멈추고 숙덕을 주시했다.

"무슨 사연이 있는 모양이지요?"

"특별한 사연보다도 두 분 사이에 사소한 오해가 있었다고 보아야지요."

숙덕이 다음 말을 이으라는 듯 방원의 입을 바라보았다.

"아버지께서 그 전투에서 승리하시고 내친김에 우리의 본향인 전주에 들렸었지요. 그리고 그곳에서 친척들을 만나 잔치를 벌이던 중에 친척들로부터 분에 넘치는 과도한 칭찬을 들으면서 술 기운에 하지 않아도 될 이야기를 하셨습니다."

"무슨 이야기를 하셨는데요?"

방원이 말을 멈추자 숙덕이 호기심 어린 표정을 지었다.

"새로운 왕조에 대한 견해를 밝힌 바 있습니다."

"새로운 왕조요!"

숙덕이 본능적으로 주위를 둘러보았다. 다행스럽게도 근처에서는 어떤 인기척도 느껴지지 않았다.

"너무 심각하게 생각하지 마십시오. 그저 주위 사람들이 아버지의 승리를 축하하기 위해 추임새를 넣은 데 대해 예의상 반응을 보이셨던 것뿐입니다."

방원이 말은 그렇게 했지만 표정에는 당황하는 빛이 감지되었다. 물론 두 가지 의미를 내포하고 있었다. 하나는 이성계의 속셈을 드러냈다는 대목이고 다른 하나는 그 일로 인해 정몽주가 분개하여 남고산성으로 달려가 만경대에 올라 고려의 앞날에 대해 한탄하는 시를 지었다는 전언이 있었기 때문이었다.

"그건 그렇다치고, 도령의 본향이 전주라 하였는가요?"

숙덕이 차분한 표정을 지으며 전주에 힘을 실었다.

"본향은 전주입니다만, 우여곡절이 있어서 오래전에 그곳을 떠나 영흥으로 이주하여 그곳에서 여진인들과 이웃하며 살았습니다."

숙덕이 입을 열려는 즈음에 밖에서 인기척이 들려왔다. 시선을 문으로 주자 문이 열리며 주지 스님이 조촐하게 주전자와 다기를 들고 들어섰다. 주지가 두 사람 앞에 다기를 정리하고 주전자를 기울였다.

"미리 오신다고 기별을 주었으면 준비하고 기다렸을 터인데…."

주지가 채워진 두 개의 잔을 두 사람 앞에 놓았다. 잔에서 자하동의 노을과는 달리 하얀 연무가 서서히 피어오르기 시작했다.

"괜히 저 때문에 번거롭게 해드려서 송구한 마음 일어납니다."

"송구하다니요, 오히려 영광이지요."

"낭자께서는 이 절을 자주 찾으시는 모양입니다."

주지와 숙덕의 대화에 방원이 슬그머니 끼어들었다.

"절도 절이려니와 이곳의 풍광이 너무나 좋아 그를 구실로 가끔 찾고는 합니다."

"아참, 방원 군은 낭자의 할아버지께서 충혜왕의 비 그리고 충정왕의 어머니인 희비 윤 씨의 외삼촌으로 희비 윤 씨가 낭자의 아버지와 외사촌 간인 사실을 모르는 모양이오."

"금시초문입니다만."

"희비께서 생전에 낭자를 데리고 자주 이곳을 방문하시고는 하였다오."

주지의 설명에 방원이 희비 윤 씨를 되뇌며 숙덕을 바라보았다.

"모두 지난 이야기지요."

숙덕이 침울한 표정을 지으며 말을 이었다. 물론 아들 충정왕이 공민왕에게 보위를 넘기고 강화도에 머물다 독살당하는 등 희비 윤 씨의 말년이 순탄하지 않았음을 에둘러 표현한 탓이었다.

"여하튼 방원 군은 이곳이 처음인 모양입니다."

"이곳에 오기 전에 잠시 이야기를 들은 바 있습니다. 안화사는 왕실 사찰로 고려에서 상당히 소중한 사찰로 그 명성을 구가하고 있다고 말입니다."

"왕실 사찰로서의 기능도 그러하지만 오래전에는 이규보 등 당대의 학자들이 자주 찾고는 했었습니다. 그러니 방원 군도 이참에 자주 방문해주기 바라고, 소승은 이만 자리를 물리도록 할 터이니 두 분이 즐거운 시간 보내기 바랍니다."

두 사람이 말릴 겨를도 없이 주지가 자리에서 일어나 가볍게 합장하고 자리를 물렸다.

"도령께서는 차를 좋아하시는지요?"

"지난 시절 살던 곳에서는 차는 생소했습니다. 다만 이곳에 와서 차를 접하기 시작했고 이제 그 맛에 서서히 빠져들기 시작하였습니다."

"그곳과 관련하여 얼핏 이야기 들었는데, 그곳은 사람이 정착하여 살기 힘들어 자주 이주하고는 한다고 들었습니다."

"바로 그런 이유 때문에 차 문화를 접하기는 어려웠습니다."

"바로 이웃하며 살고 있는데도 불구하고 소소하게 문화 차이를 보이는 모양입니다."

숙덕이 서서히 문제의 핵심으로 들어가고 있었다. 고려와 여진의 문화 차이 즉 방원과 자신의 가치관 차이에 대해 알고 싶은 생각이었다.

"그런데 문화 차이란 것도 지나고 보면 모두 원상태로 돌아가는 게 아닌가 싶습니다. 제가 마치 잃어버린 것을 되찾은 듯이 말입니다."

"그런 의미에서 차를 음미해보심이 어떠할는지요."

숙덕이 방원의 얼굴을 직시했다. 그 순간까지도 미세하게 경계심을 놓지 않았던 방원이 찻잔으로 손을 가져갔다. 잔을 잡아 들어 올리는 방원의 팔 역시 미세하게 떨리고 있음이 감지되었다. 그를 모른 체하고 숙덕 역시 잔을 들었다. 두 사람이 약속이라도 한 듯 잔을 비워냈다. 그를 살핀 숙덕이 공손하게 주전자를 들었다.

"마신 느낌이 어떠한지요?"

방원이 가볍게 여운을 남기자 숙덕이 빈 잔을 채웠다.

"전에도 느꼈지만 차를 마시게 되면 흡사 자연과 하나가 되지 않는가 하는 생각이 일어날 정도로 마음이 평안해집니다."

"도령께서도 다도에 푹 빠져드신 모양입니다."

"다도라, 처음 듣는 말입니다."

"말 그대로 차를 마시며 물아일체를 이루는 과정이지요. 가령 예를 들자면 방금 도령께서 말하였듯 차를 마심으로 인해 인간 본연의 평상심을 찾아가고 또 그로 인해 앞날을 설계한다는 이야기지요."

"결국 차와 자연이 하나라는 말입니다."

"부부 사이 역시 그러하지요."

방원이 부부 사이를 되뇌며 잠시 생각에 잠겨들었다. 숙덕의 말을 곰곰이 생각해보면 결론은 부부간의 문제로 귀결되었다. 생각이 그에 미치자 방원의 얼굴 위로 희망의 빛이 모습을 드러내기 시작했다.

"지금 낭자께서 하신 이야기를 들어보면 제가 낭자의 부군으로 합당한지 여부를 확인하고 싶어하시는 듯 보입니다만."

방원의 표정을 숙덕이 놓치지 않았다.

"부모님으로부터 도령의 마음을 전해 들었습니다. 제 좁은 소견으로는 부부란 두 가족 간의 결합도 중요하지만 결국 당사자가 앞날을 함께 그려나갈 수 있고 또 그 길에 하나가 되어야 한다 생각합니다."

"낭자의 마음 충분히 이해합니다. 저 역시 그 생각에 철저하게 동조합니다. 다만 우려스러운 부분이 있습니다만,"

"그게 무엇인지요?"

"낭자께서 우려하는 대목입니다. 낭자께서는 지금 이 순간까지 철저하게 고려인으로 살아오셨지만 제 경우 무늬만 고려인이었지 실상은 여진인들과 함께 살았던 방식에 익숙해져 왔습니다. 그러나 이 부분 능히 개선해나갈 수 있으리라 봅니다."

"그렇게 말씀해주시니 제 마음이 훨씬 가벼워집니다. 그런 차원에서 한 마디 여쭈어보아도 될는지요?"

"무엇이든 솔직하게 답변하겠습니다."

대답하는 방원의 목소리가 다소 들떠 있었다.

"도령의 어머니에 관한 이야기인데요. 제가 듣기로는 어머니께서는 관향에 머물러 계신다는 이야기를 들었습니다만, 딱히 그럴 만한 이유가 있습니까?"

질문이 끝나자마자 방원이 슬그머니 곤혹스런 표정을 지었다.

"낭자의 이야기를 곱씹어보니 아버지의 중혼과 관련하여 여쭙고 싶은 모양이신데, 아버지의 중혼은 순전히 어머니의 고집 때문이었습니다."

"어머니의 고집이라니요?"

숙덕이 이해되지 않는다는 듯 말꼬리를 올렸다.

"어머니께서 한사코 관향을 떠나지 않으시겠다고 해서 그리 된 겁니다."

"특별한 이유라도 있나요?"

"어머니는 뿌리가 그곳이고 대대로 그곳에서 머무셨으니 이곳이 생소할 수밖에 없었던 거지요. 특히 생활방식이 다르니 그리 판단하신 게지요."

"그런 경우라면 고려인이 아니…."

"물론 뿌리는 고려 사람이지요. 다만 그 지역 생활에 너무 익숙하다 보니 자연스럽게 그렇게 되었다고 보아야지요."

"그래서 도령의 아버님께서 어쩔 수 없이 중혼을 하신 모양입니다."

"우여곡절은 있었으나 어머니께서 결국 아버지의 중혼을 눈감아 주시기로 하셨고 그리고 그곳에서 머물기로 하신 겁니다."

말하는 방원의 눈빛이 살짝 흔들리고 있었다.

"이제 조금 이해됩니다."

첫날밤

첫날밤

*
*
*   어둠이 찾아든 지 한참 시간이 지났건만 새신랑 방원이 모습을 드러내지 않고 있었다. 이제나저제나 방원이 들어오리라 생각하며 초롱을 밝히고 기다리던 숙덕이 자리에서 일어났다. 문으로 걸음을 옮기던 숙덕이 그 자리에 멈추어서 초롱에 비치는 방 안을 둘러보았다.

여러 날 전부터 가례 후 방원과 함께 살아갈 방을 어떻게 꾸며야 할지에 대해 고민했었다. 두 사람이 자리 잡을 동안은 숙덕의 집에서 가정을 꾸리기로 했던 터였다. 물론 당시 시대 상황 역시 그러했다.

전적으로 남자 위주로 흘러가던 조선 사회와는 달리 고려 시대에는 남녀가 평등한 관계를 유지했다. 또한 재산 상속 등에서도 남녀가 동등한 지위를 확보하고 있었다. 그런 이유로 남자들의 중혼 역시 금지되었던 터였다.

처음에는 신혼인 만큼 그에 합당하게 아름답게 꾸며야겠다 생각했었다. 그러나 이내 생각을 고쳐먹었다. 단순한 신혼 생활로 유지하고자 한다면 그 부분에 초점을 맞출 일이었다. 그러나 방원에게는 가례 못지않게 중요한 일이 과거 급제였다.

지난해 숙덕과 처음 만날 당시에는 단순히 국학 학생이었으나 이제는 과거에 급제해야 했다. 비록 아버지 민제 그리고 자신 집안의 뿌리 깊은 연고로 음보로 관직에 나갈 수 있었으나 그러기에는 모양새가 좋지 않았다.

또한 방원은 충분히 자격을 지니고 있었다. 국학에 입학할 당시에도 거의 정상급의 성적을 유지했고 조금만 더 신경을 기울이면 과거는 하등 문제가 없을 듯했다. 물론 아버지 민제로부터 상세한 내막을 들었던 터였다.

그런 이유로 화려하게 신혼방을 꾸리려던 마음을 다잡고 소소하게 치장했다. 천장과 사방 벽들은 맑은 색으로 휘둘렀고 방 안에는 방원이 책을 볼 수 있도록 조그마한 상과 최소한의 필요한 가구들만 들여놓았다.

그 모습을 차근하게 살피다 문을 열고 밖으로 나섰다. 집안 곳곳에 초롱불이 밝혀 있어 아직도 가례의 뒤풀이가 진행되고 있었다. 숙덕이 여러 곳을 주시하다 한곳으로, 남동생 무구가 기거하는 곳으로 걸음을 옮겼다.

방원과 헤어지기 전에 무구와 무질 그리고 그 친구들이 매형의 입성을 축하하는 조촐한 자리를 마련했다 하여 그들에게 잠시 방원을 내맡겼던 터였다. 무구의 거처에 가까이 이르자 웃음소리와 시끌벅적한 소리가 뒤섞여 들렸다.

그를 확인하고 잠시 멈추어 섰다. 처남과 매부지간에 상견 겸해서 자리를 이어주어도 좋겠다는 생각에서였다. 그러기를 한순간 숙덕이 걸음을 재촉했다. 자신의 신랑인 방원과 무구가 동갑내기로 이후에 행여라도 공부와 담쌓고 지내는 동생과 어울리게 되면 안 된다는 생각에서였다.

숙덕이 문가에 이르자 곧바로 문을 열고 들어섰다. 방에 들어서자 동생인 무구와 무질 그리고 그 친구들과 함께 방원이 막 술잔을 기울이려다 숙덕의 출현을 눈치채고 슬그머니 잔을 내려놓았다.

"드시고 저도 한잔 주세요."

숙덕이 방원의 옆에 자리잡고 은근하게 미소를 보냈다. 방원이 잠시 숙덕을 바라보다 다시 잔을 들고 다른 사람들에게 잔 들것을 종용하고 한번에 비워냈다. 그 순간을 기다렸다는 듯 숙덕이 안주를 챙겨 방원에게 건네고 방원이 비운 잔을 들었다. 방 안의 모든 사람들이 두 사람을 번갈아 바라보았다.

"무구는 뭐하니. 빨리 내 잔 채우지 않고."

지적받은 무구가 얼떨떨한 상태에서 방원을 바라보았다. 방원이 그의 시선을 모른 체하고 안주를 먹기 시작했다. 그 모습에 무구가 빈 잔을 내려놓고 숙덕의 잔을 채웠다. 잔이 채워지기 무섭게 숙덕이 동생들과 친구들의 잔을 일일이 채워주고 잔 들 것을 종용했다.

"오늘은 이쯤에서 마무리하고 차후로는 너희들 매형이 너희들처럼 한가로운 입장이 아니니만큼 그를 유념하도록 해야 할 거야."

단번에 잔을 비운 숙덕이 방원의 팔을 잡고 일으켜 세웠다.

"서방님, 이제 우리의 보금자리로 가셔야지요."

"당연히 그래야지요, 부인."

방원이 이제나저제나 숙덕에게 돌아갈 구실만 찾고 있었던지 선뜻 일어나 뒤도 돌아보지 않고 방을 나섰다. 무구를 포함하여 일행이 흡사 닭 쫓던 개 지붕 쳐다보는 격으로 멀거니 두 사람의 뒷모습을 바라보았다.

아마도 무구와 무질을 포함하여 일당들이 작당하고 방원을 들인 모양, 즉 텃세를 빙자해서 방원을 길들이기로 작정했던 모양이었다. 그러나 한창 분위기가 무르익어갈 무렵에 숙덕이 등장하여 쐐기를 박았으니 허탈한 마음 말로도 표현하지 못하고 그저 한숨을 내쉬며 천장을 바라보았다.

방을 나서자 숙덕이 방원의 팔을 잡고 신방으로 이끌었다. 신방으로 가는 동안 방원으로부터 흐릿한 술기운 그리고 알 수 없는 냄새가 숙덕의 코끝을 자극하고 있었다. 역으로 방원에게도 숙덕으로부터 묘한 향기가 흘러나오는 모양으로 일부러 숙덕의 몸에 자신의 몸 특히 얼굴을 밀착시키고 이동했다.

무구의 방에서 신방까지의 거리가 그다지 멀지 않았건만 방원에게는 상당히 먼 거리로 느껴졌던 모양으로 서서히 호흡이 거칠어지기 시작했다. 숙덕 역시 마찬가지로 속으로 호흡을 조절하고 있었다.

호흡뿐만 아니었다. 아니, 고르지 못한 호흡으로 인해 몸에서 열이 발생하기 시작했다. 그리고 그 열기는 말초신경을 타고 온몸으로 전달되고 있었다. 두 사람이 방에 들어섰을 때는 그 열기로 두 사람이 달라붙은 듯했다.

"서..방..니…."

숙덕이 힘들게 입을 열었으나 바로 그 순간 숙덕의 입을 방원의 입이 굳세게 가로막았다. 그뿐만 아니었다. 그 자세에서 숙덕을 안아들었다. 이어 얼굴을 떼고 고개를 돌려보니 휑하니 방의 모습이 시선에 들어왔다.

고개를 숙여 자신에게 안겨 있는 숙덕의 얼굴을 바라보았다. 방원을 바라보는 간절함이 숙덕의 눈에서 묻어나오고 있었다. 잠시 숙덕의 얼굴을 찬찬히 살피던 방원이 아랫목에 숙덕을 내려놓고 급하게 움직이기 시작했다.

어린 시절 영흥에서 머물다 아버지를 따라 송도란 곳을 찾아들었다. 완전히 딴판인 세상이 눈앞에 펼쳐졌다. 생활 환경도 그러하지만 사람들 특히 여자들의 모습을 살피며 '이런 곳도 있구나!' 하는 감탄사를 연발했었다.

영흥에서 살면서 마주한 여자들의 경우 성적으로 전혀 흥미를 유발하지 못했었다. 생명체로서의 명칭만 사람이었지 동물들과 별반 다르지 않았다. 여름이면 형식상 몸에 걸치기만 했던 옷으로 인해 가슴을 비롯하여 주요 부위 등의 맨 모습이 그대로 드러났고 겨울이면 천이란 천을 몸에 둘러 흡사 거렁뱅이를 연상시키고는 했다.

물론 송도에서도 그런 부류의 여자들을 접하고는 했다. 그러나 다수의 여자들의 경우 제대로 인간처럼 행색을 꾸리고 더하여 기이한 향기마저 몸에서 뿜어내고는 하여 적지 않은 호기심을 자극하고는 했었다.

그런데 어느 순간, 스승인 민제를 찾아온 한 여인으로 인해 방원의 눈동자가 일시적으로 뒤집히는 상황을 맞이하게 되었다. 태어나서 처음 마주한 숙덕은 여자가, 한 걸음 더 나아가 인간이 아니었다.

방원의 눈에 비친 숙덕은 하늘에서 잠시 길을 잃고 이 땅에 찾아든 선녀처럼 비쳐졌다. 그녀의 존재를 살피며 그녀 역시 인간임을 자각하게 되면서 눈이 정상으로 돌아왔지만 그녀의 환영에 대한 마음의 골이 깊어가기 시작했다.

그 현상 일시적이라는 생각으로 마음을 다잡고 책 속에 글자가 뚫어질 정도로 공부에 몰두하지만 그 글자 너머로 숙덕의 모습이 아른거렸다. 단순히 아른거리는 게 아니라 그 글자가 숙덕으로 변해가고 있었다.

공부뿐만 아니었다. 주변 사방이 온통 숙덕의 모습으로 도배되어 있었다. 잠을 청하기 위해 눈을 감으면 어두운 공간 저만치에서 숙덕이 보름달처럼 환하게 미소지으며 자신을 향해 손짓하고 있었다. 혹시라도 밥을 먹을라치면 밥이 또 주변에 늘어선 반찬이 숙덕의 모습으로 변해 차마 입으로 넣을 수 없는 지경까지 이르게 되었다.

어느 순간 방원이 자신에게 덧씌워진 숙덕의 환영으로 인해 일상생활을 영위할 수 없는 지경에 이르자 결국 작은어머니, 아버지 이성계의 경처인 강 씨 여인에게 도움을 청하기에 이른다.

그 집안 역시 대대로 송도에 터를 잡고 살았던 권문세족으로 숙덕의 집안과 대화가 충분히 가능하다는 판단에서였다. 비록 작은어머니지만 방원에 대해 각별하게 생각하던 작은어머니는 자신의 친정을 활용하여 물심양면으로 혼사를 중재하고 급기야 가례를 성사시키기에 이른다.

가례가 성사되었다는 희보를 접하자 천군만마를 얻은 느낌이 방원을 급습했다. 아울러 앞으로는 모든 시름 접고 일상생활에 몰두하고자 하나 새로운 욕구가 더욱 강하게 솟아나기 시작했다.

자신과 하나 될 여인 숙덕에 대한 호기심이었다. 그런데 참으로 묘한 현상이 방원을 급습하고 있었다. 혼사가 성사되기까지는 그저 막연한 동경에 불과했다면 이제는 구체적인 부분에 대한 호기심이 온몸을 휘감았다.

그 호기심은 자신과 하나가 될 숙덕에 대한 그리움으로 변화되고 있었다. 낮 동안에도 그러하지만 저녁 특히 잠자리에 들려고 하면 자신도 모르게 온몸이 달아오르고 이곳저곳 특히 한가운데에 힘이 잔뜩 들어가고는 했다.

숙덕에 대한 생각으로 잠을 뒤척이다가 어느 사이 잠이 들지만 꿈속에서도 숙덕을 그리기 시작했다. 그러기를 여러 차례 이어지자 어느 한날 밤 꿈속에 나타난 숙덕을 향한 갈망을 분출하는 과정에 자신도 모르게 한가운데가 뜨거운 열기로 터져버리는 현상을 경험하게 되었다.

잠에서 깨어나 잠시 전의 희열의 잔재로 인해 비록 몸은 거북하고 한편 허탈한 느낌이 일어났지만 반면에 그 행위로 인해 숙덕과 자신은 완벽하게 한 몸이 되었다는 느낌에 자신도 모르게 입가로 희열의 미소가 몰려들었다.

아버지 민제로부터 방원에 대한 이야기를 접하고 그저 스쳐지나가는 이야기로 받아들였다. 그도 그럴 것이 송도에 내로라하는 권문세족의 자제들이 앞다투어 중신을 제의해왔지만 접하는 남자들 모두 조금도 성에 차지 않았다.

비록 외형은 남자지만 이면을 살피면 남자인지 여자인지 구분하기 힘들 정도로 정형화된 그들로부터 생의 반려자로

서의 조그마한 감흥도 느끼지 못했던 터였다. 그 이유를 헤아려 보았다. 자신이 원하면 언제고 함께할 수 있다는 자신감에서 비롯되었다.

방원의 경우도 그런 선상에서 생각했는데, 이어지는 아버지의 이야기를 빌리면 송도의 여느 사내들과는 상당히 다르다고 했다. 아울러 방원의 경우 무인 집안 출신으로 드물게 학업에서도 수재급이고 더하여 제대로 다듬어지지 않은 재목 즉 가능성을 지니고 있는 사람이라는 이야기를 덧붙였다.

또한 당신의 딸의 배필로 정해주리라는 마음을 지니고 있어 은근하게 방원의 사주까지 헤아려보았다고 했다. 확고하게 단언할 수는 없지만 부정적인 측면보다는 긍정적인 요소를 많이 보유하고 있다고 전했다. 특히 유사시에 광영을 볼 수 있는 사주 역시 지니고 있다고 했다.

그런 이유로 방원의 아버지인 이성계의 뚜렷하지 않은 출생 성분 그리고 중혼의 부정적인 문제가 부각되었음에도 불구하고 아니, 그런 부분이 숙덕의 호기심을 자극하여 급기야 안화사에서 방원을 마주하는 일까지 발생했다.

숙덕이 굳이 안화사에서 방원을 만난 데에는 나름 이유가 있었다. 평소 안면을 트고 지냈던 그곳의 주지인 준 상인이 사람의 관상을 잘 본다고 은연중에 소문이 나있었기 때문으로 그로 하여금 방원의 관상을 보아주기를 바라는 마음에서였다.

후일 그로부터 전해들었다. 방원의 오똑하게 똑바로 이어진 코 그리고 넓은 이마로 대중에게 즉 백성들에게 크게 호응을 얻을 것이라 했다. 다만 그윽하게 패인 그의 눈을 살필 때 그의 진정한 속내는 밝히지 않는 이기적인 상이란 평을 들었다.

숙덕이 주지의 설명과 아버지 민제의 이야기를 종합해보았다. 날이 멀다 하고 이어지는 홍건적과 왜구의 침입 그리고 원나라와 새로이 고개를 떨치기 시작한 명나라의 존재를 살피면 당시의 상황을 난세로 규정내릴 수 있고 자신이 도와준다면 방원이 그 과정에 중요한 역할을 할 수 있다는 생각이 일어났다.

또한 주지가 언급한 방원의 이기적인 성향에 대해서도 심도있게 생각해보았다. 설령 유사시에 방원이 그러한 성향을 드러내더라도 능히 자신이 그를 보완할 수 있다는 생각이 일어났다. 한편 생각하면 완벽한 사람보다는 다소 흠이 있는 게 인간적이지 않겠나 하는 생각까지 찾아들었다.

세심하게 살피고 내린 숙덕의 결정에 부모께서 동조를 표해주었고 급기야 맞선을 본 이듬해에 가례를 올리기로 양가가 합의했다. 이후 개인적으로는 만나지 못했지만 양가의 대소사에 잠깐씩 얼굴을 마주치고는 했다.

　방원을 만날 때마다 참으로 묘한 생각이 찾아들었다. 자신의 평생 반려자라는 생각 때문인지 갈수록 방원에 대한 애틋함이 강해지기 시작했다. 그리고 어느 순간 그 애틋함이 그리움으로 변하기 시작했다.

　또 그 그리움이 설렘으로 변화되기 시작했다. 그에 직면하자 자신도 모르게 변화된 자신의 심경에 대해 그 이유가 무엇인지 헤아려 보았다. 결국 미래에 대한 희망의 부분이었다. 방원과 함께 그려나갈 앞날에 대한 기대감의 발로였다.

　그리고 오늘 아침 방원의 모습을 확인하고는 자신의 눈을 의심하지 않을 수 없었다. 이전까지 마냥 어리게만 보였던 방원이 한층 성숙해 보였다. 자신과 함께 당당하게 미래를 그려나갈 수 있는 사람으로 각인되었다.

　"부인, 고맙소!"
　방원이 자신의 몸 아래에 바짝 밀착하여 눈물을 흘리고 있는 숙덕을 양팔로 힘차게 끌어안으며 입을 열었다. 숙덕이 가만히 고개를 끄덕이며 양팔로 방원의 목을 감싸 방원의 귀를 자신의 입에 가져다 댔다.

"서방님, 제가 고맙지요."

"내 언제고, 죽을 때까지 부인에게 성심성의를 다하리다."

방원의 목소리가 윙윙거렸다.

두 마리 토끼를 잡다

두 마리 토끼를 잡다

*
*
* "소곰은 빨리 산모를 찾아 데려오고 물을 데우도록 하거라!"

숙덕의 어머니 송 씨 부인이 소곰에게 지시하고 급하게 숙덕의 방으로 걸음을 옮겼다. 방에 들어서자 숙덕이 아랫목에서 이마에 땀이 송글송글 맺힌 상태로 누워 어머니의 출현을 반겼다.

송 씨는 방금 전 소곰으로부터 해산 날짜가 임박한 숙덕이 산통을 심하게 느끼고 있다는 전갈을 받았던 터였다. 숙덕과 잠깐 동안 눈을 마주친 송 씨가 숙덕에게 다가가 가만히 배를 쓸어보았다.

손에 전달되는 움직임의 감촉을 잠시 느끼던 송 씨가 힘들게 숙덕을 일으키고는 숙덕의 한쪽을 지탱했다. 이어 천천히 걸음을 옮겨 방을 나서 일찌감치 숙덕의 출산을 위해 준비해 둔 방으로 움직이기 시작했다.

"금방 나오려는 모양이지요?"

"그러게 말이다. 초산임에도 불구하고 이 아이가 참지를 못하고 곧바로 세상 구경하고 싶어 안달인 모양이로구나."

 출산을 위해 준비한 방으로 들어 숙덕이 자리 잡자 자신의 배를 바라보았다. 어머니가 가느다랗게 미소지으며 숙덕의 이마를 훑어주었다.

 "이 서방은요?"

 "방금 전에 출타했으니, 이 서방이 돌아오는 시간에 맞추어 아기가 태어날 모양이로구나."

 "태어날 아기도 그렇지만 이 서방의 과거 시험 결과 역시…."

 얼마 전에 방원이 과거 시험을 치렀고 공교롭게도 그날 발표가 정해져 있었던 데에 따른다. 그 사실을 잘 알고 있는 송씨가 애써 미소짓는 숙덕의 볼을 가볍게 훑어주었다.

 "부인, 이리 오시오."

 방원이 국학에서 학업을 진행하다 집에 돌아와 숙덕이 지극정성으로 마련한 저녁 식사를 마치는 둥 마는 둥하고 은근하게 곁에 있던 숙덕을 불렀다. 숙덕이 미소 짓는 방원의 표정을 살피고는 살짝 얼굴을 찡그렸다.

 "서방님은 제가 질리지도 않는가요?"

"질리다니 그게 무슨 소리요. 부인과 나는 한 몸으로, 부인을 알아갈수록 부인 냄새에 취해 갈피를 잡지 못하고 있는데 말이오."

말을 마친 방원이 슬그머니 자신의 가운데를 바라보았다. 그새를 참지 못하고 그곳이 불뚝 솟아 있었다. 숙덕이 방원의 시선이 향하는 곳으로 시선을 주었다. 잠시 그곳을 바라보다 이내 고개를 옆으로 돌렸다.

"이런 거 보면 참으로 희한하지 않소, 부인."

"무엇이 말인가요?"

"내 의지와는 상관없이 몸이 자연스럽게 반응하는 거 말이오. 다른 사람들의 경우는 어떨지 모르겠으나…. 아니지. 국학의 친구들 이야기 들어보면 영 아니던데. 부인과 나 사이의 사랑은 인력으로 좌지우지할 수 있는 게 아닌 모양입니다."

숙덕이 가만히 그 말의 의미를 되새겨보았다. 방원의 이야기도 있지만 숙덕 역시 몸이 자동적으로 반응을 보이고 있었다. 어느 날 그에 대해 잠시 생각해보았다. 과연 다른 남자들에게도 그런 반응이 일어날까 하는 생각까지 했었다. 그러다 이내 고개를 가로저었다.

그 상대가 자신이 끔찍이도 사랑하는 사람 즉 방원이기에 가능하다는 생각이었다. 아울러 방원의 과거 시험을 의식하며 학업의 성과를 올리기 위해 자제해야 한다 굳게 마음을 다잡고는 했지만 그 순간뿐이었다.

물론 처음에는 방원의 시도에 싫지 않은 힐난을 보내지만 이내 못 이기는 체하고 호응해주었다. 단지 호응 정도가 아니라 마치 기다리고 있었다는 듯이 숙덕이 더욱 적극적으로 방원을 대했었다.

"그런 측면도 없지 않지요. 그러나 지금 이 나라에서 중요하게 여기는 학문, 서방님이 과거를 준비하고 있는 성리학에서는 이를 금기시 여기고 있는 게 아닌지요?"

의외의 반문인지 방원이 잠시 멈칫했다.

"그야…."

방원의 말소리가 흐려졌다. 당시 고려 사회에서는 중국 송나라 시대에 흥행했던 성리학이 나라 통치의 근간을 이루어야 한다는 생각들이 들불처럼 일어나고 있었다. 그에 의하면 부부를 서로 다른 개체로 설정하고 그에 합당한 역할을 강조하고 있었다.

"서방님도 저와 별개로 간주하고 있는지요?"

"그 무슨 가당치 않은 말이오. 부인과 나는 우리의 굳센 약조처럼 죽는 그 순간까지 견고하게 하나 아니겠소."

"당연히 그래야지요. 그런데 왜 이 나라는 그런 잘못된 관행을 받아들이려 하는지 저로서는 쉽게 이해되지 않습니다."

방원이 생각에 잠겨 들었다는 듯 잠시 침묵을 지켰다.

"내 짧은 생각인데. 지금까지 불교의 폐단이 너무 심해 그를 배척하기 위해 즉 불교를 대신하기 위해 그를 받아들이는 게 아닌가 싶소."

"물론 불교의 폐해에 대해 알고 있습니다. 그러나 소수의 못된 사람들로 인해 불교를 폐하고 성리학을 통치의 근간으로 삼는다면 그 역시 또 다른 문제를 야기하지 않을지 걱정스럽습니다."

"또 다른 문제라면?"

"굳이 다른 예를 들 필요도 없지요. 서방님과 저 사이에 맺은 그 약조마저 배척당하지 않을까 그게 염려스럽습니다."

"부인은 그런 염려 하지 마세요. 천지개벽이 일어난다고 해도 우리는 결코 따로 분리할 수 없는 완벽한 동일체라오."

말을 마친 방원이 얼굴에 잔뜩 미소를 머금고 앞에 놓인 상을 치우고 숙덕에게 다가 앉아 손을 잡았다. 숙덕이 잡힌 손을 슬그머니 빼내고는 자리에서 일어나 곁에 있는 궤 위에서 하얀 종이를 꺼내 방원 앞에 놓았다.

"이게 무엇이오?"

"저에게 글로 약조하셔야지요."

방원이 눈을 동그랗게 뜨고 그 진위를 묻겠다는 듯이 숙덕을 빤히 바라보았다. 숙덕이 그저 미소만 지으며 바라볼 뿐이었다.

"부인, 내 부인이 하라는 대로 다 하겠소. 그런데 느닷없이 무슨 약조란 말이오?"

"그러기 위해서는 이번에 실시되는 과거 시험에 반드시 합격해야 하지 않을까요."

방원이 과거를 되뇌며 너털웃음을 터트렸다.

"그리고 우리들의 사랑의 결실 역시…."

숙덕이 말을 채 끝맺지 못하자 방원이 숙덕의 손을 잡았다.

"부인의 말을 빌리면 우리 부부가 두 마리 토끼를 한 번에 잡자는 말이오."

"당연하지요."

방원이 흡족한 표정을 짓고 숙덕의 손에서 놀던 손을 가슴으로 옮겼다. 그 상태서 숙덕을 바라보았다. 그저 잔잔하게 미소만 짓고 있었다. 그 미소를 빨리 일을 치르자는 의미로 받아들였는지 방원이 숙덕의 고름을 풀고 뒤로 제꼈다.

숙덕의 옷이 뒤로 슬그머니 내려가는 순간 방원의 눈이 휘둥그레 변해갔다. 반드시 드러나야 할 숙덕의 옥같은 맨살이 아니라 조그마한 종이가 숙덕의 가슴을 가리고 있었던 때문이었다. 가뜩이나 동그랗게 변한 방원의 눈동자가 한쪽으로 치우쳤다.

"방금 약조하지 않았습니까. 두 마리 토끼를 한번에 잡자고요."

말을 마친 숙덕이 가만히 얼굴을 붉혔다. 막상 마음을 다잡고 용기를 내어 시도해보았지만 자신이 생각해도 조금은 지나친 감이 있는 게 아닌가 하는 생각 때문이었다. 그러나 가례 이후 단 하루도 거르지 않고 이어진 방원의 집착을 생각하면 궁여지책이 아닐까 하는 생각 역시 일어났다.

"두 마리 토끼는 이해하겠는데 도대체 이건 무엇이란 말이오?"

"서방님이 한번 맞히어봐요."

숙덕의 발갛게 물든 얼굴로 시선을 주었다 곧바로 자신의 가슴 즉 숙덕의 가슴을 가린 종이를 뚫어져라 바라보았다. 하얀 종이 뒷면으로 검정색의 글씨들이 언뜻언뜻 모습을 드러내고 있었다.

"혹시 과거 시험과 관련한 게 아닌…."

"그래요. 일종에 과거 시험 예상문제지요."

"과거 시험 예상문제!"

방원이 전혀 예상하지 못했다는 듯 눈을 동그랗게 떴다.

"아버지께 금번 과거 시험에 출제될 수 있는 문제들을 뽑아달라 부탁드렸어요. 그래서 오늘 이후로는 매일 이 시간에 이 문제에 대한 답을 달고 그 연후에…."

"과연 내 부인이오, 부인."

숙덕이 차마 말을 끝마치지 못하자 잠시 생각에 잠겨들었던 방원이 호탕하게 웃어제쳤다.

"서방님도 동의하시는 걸로 알아도 되지요?"

"동의가 뭐요. 당연히 부인의 의도에 따라야지요."

당당하게 대답하는 방원의 모습을 바라보다 슬그머니 자신의 가슴에 덧씌워진 종이를 들쳐보았다.

"그래, 무엇에 대해 작성하여 부인께 바치올까요."

방원이 익살스런 표정을 지었다.

"불교와 성리학의 장단점에 대해 논하라는 글이 실려 있습니다."

방원이 잠시 생각에 잠겨들었다는 듯 침묵을 지켰다. 이어 야릇한 미소를 머금고 은근하게 입을 열었다.

"부인, 혹시 거시기에도…."

말하다 말고 방원이 한곳을 주시했다. 숙덕이 방원의 시선이 향하는 곳을 주시하며 고개를 숙였다. 그리고는 이내 얼굴을 붉게 물들였다.

"어떤가?"

숙덕의 손을 꼭 잡은 송 씨가 옆에서 숙덕의 얼굴과 산파의 행동을 번갈아 바라보고 있었다.

"아씨, 다시 한번 힘을 주세요!"

산파가 송 씨의 말은 아랑곳하지 않고 숙덕에게 힘주어 주문했다. 얼굴을 포함하여 온몸이 땀으로 흥건하게 젖어있는 숙덕이 송 씨에게 잡혀 있는 팔에 힘을 주며 상체를 일으켜 세우며 아랫배에 힘을 주었다.

"잠시 호흡을 고르고 다시 한번 힘을 주시지요. 금방 모습을 드러낼 듯합니다."

산파의 요구에 따라 숙덕이 다시 상체를 눕히자 산파가 송 씨를 향해 희미하게 미소를 보냈다. 그 미소의 의미를 간파한 송 씨가 다른 한 손으로 숙덕의 얼굴을 만지며 가볍게 한숨을 내쉬었다. 그 한숨, 안도의 한숨임을 느낀 숙덕 역시 가느다랗게 미소를 보냈다.

숙덕도 그러하지만 어머니인 송 씨 역시 숙덕이 초산인지라 상당히 긴장했던 모양이었다. 그러나 현재 진행되고 있는 상황으로 살피면, 산파의 움직임과 말을 살피면 괜한 걱정이다 싶은 모양이었다.

"어떻게 되었나!"

"금방 나올 듯…."

숙덕이 다시 힘을 주려고 하는 중에 밖에서 오매불망 기다리던 방원의 다급한 목소리가 그리고 소끔의 목소리가 들려오면서 방문이 열렸다. 방원이 어느 누구도 저지할 틈을 주지 않고 황급하게 숙덕의 곁으로 다가섰다.

"부인!"

"서방님!"

누구의 시선도 의식하지 않고 두 사람이 서로 애절하게 상대를 불렀다. 송 씨가 뭐라 언급하려다 그 모습을 바라보며 가만히 방원의 손을 잡았다.

"사위, 어찌 되었는가?"

"장모님, 부인의 공이 적지 않은데 당연히 급제지요, 급제."

"서방님, 정말이에요!"

숙덕이 방원의 팔과 어머니의 팔을 힘주어 잡는 그 순간 숙덕의 가운데에서 맑고 투명한 소리가 들려왔다.

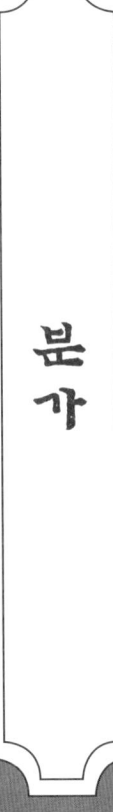

분가

분가

*
*
*   "부인, 나 왔소!"

밤이 늦은 시간 문밖에서 방원의 목소리가 들려오자 숙덕이 자리에서 일어나 문을 열고 밖을 바라보았다. 흐릿한 어둠 속에서 방원이 미세하게 흔들리고 있었다. 얼핏 보아도 방원이 술이 과했음을 짐작할 수 있었다. 아침에 방원으로부터 금일 과거에 급제한 사람들과 축하의 자리를 마련할 것이란 이야기를 들었던 터였다.

"과음하신 모양이에요."

숙덕이 신발을 신는 둥 마는 둥하고 방원에게 다가갔다.

"그동안 과거 시험을 준비하느라 술을 멀리했는데 오늘은 모처럼 허리띠 끌러놓고 술잔을 기울였다오."

"잘하셨어요. 어서 들어가지요."

"들어갈 게 아니라…."

숙덕이 방원의 팔을 잡아끌자 방원이 슬그머니 버티고 섰다.

"왜 그래요?"

"부인, 우리 달 구경하고 들어갑시다."

"느닷없이 달 구경이라니요?"

숙덕이 방원의 얼굴을 바라보다 방원의 시선이 향하는 곳으로 고개를 돌렸다. 하늘 저만치에 둥근 달이 빛을 발산하고 있었다.

"그래요, 달 구경이 아니라 부인 구경이지요."

방원의 말을 듣자 지난 시절 안화사에서 주지가 언급했던 말이 떠올랐다. 방원이 숙덕을 가리켜 보름달이라고 표현했던 말이었다.

"부인과 내가 안화사에서 만났을 때 부인을 기다리면서 내가 주지에게 했던 말이 있소."

"보름달을 기다리고 있다고 했던 말이지요?"

"부인이 그걸 어찌 아오?"

"주지께서 말씀해주셨지요. 그런데 왜 보름달이라 표현했나요?"

방원이 대답에 앞서 숙덕과 달을 번갈아 바라보았다.

"왜 그러셨냐니까요?"

"그야 이 세상에 부인밖에 보이지 않으니 그랬소."

방원이 은근하게 대답하자 숙덕이 슬그머니 미소 지었다.

"왜 그러오?"

"저는 그런 줄도 모르고…."

"왜요, 보름달이란 표현이 마음에 들지 않았소? 부인을 처음 본 이후로 온통 부인에 대한 생각 때문에 아무것도 볼 수 없었기 때문에 그리 표현했는데."

"그게 아니라 제가 조그마한 오해를 했습니다. 보름달은 금방 이지러지기 때문에 그런 선상에서 생각했습니다."

방원이 잠시 침묵을 지키다 호탕하게 웃음을 터트렸다.

"부인 말도 일리는 있소. 그런데 내가 부인을 그리 표현한 데에는 잠시 전에 말했던 것처럼 당시 이 세상에는 온통 부인밖에 존재하지 않았기에 그리 표현했던 것이라오."

"그렇다면 지금은요?"

"지금은 보름달로도 부족하지요."

"무슨 의미인가요?"

"또 다른 보름달…. 우리 정순이 어디 있소?"

"술좌석이 있다고 해서 일찌감치 어머니께 맡겨놓았습니다."

방원의 말의 의미를 헤아린 숙덕이 미소 지었다.

"부인, 우리 아기 보름달을 잠깐이라도 보고 갑시다."

"지금 두 분과 함께 잠잘 터인데…."

방원이 어둠 속 저만치에 있는 장인과 장모의 방을 바라보며 아쉬운 듯 한숨을 내쉬었다.

"부인, 이거 아시오?"

"무엇을 말인가요?"

"이 세상에서 나보다 더 행복한 인간이 있을까 싶소."

방원의 입에서 나오는 술기운이 참으로 정겹게 느껴진다는 생각이 들었는지 숙덕이 방원을 방으로 이끌었다. 방에 들자 마치 신혼 시절처럼 자리가 단정하게 정돈되어 있었다. 잠시 그를 살피던 방원이 어제 저녁처럼 아니, 지금까지 지속해왔던 것처럼 숙덕을 힘차게 자신의 품안에 넣었다.

"부인, 술 한잔 더할 수 있겠소."

짧지 않은 시간 둘이 하나 되었다가 잠시 호흡을 고르며 방원이 그윽한 눈빛으로 숙덕을 바라보았다.

"그렇게 드시고 오셨으면서…."

"부인과 운우지정을 나누고 나니 다시…."

순간 숙덕이 방원의 얼굴을 잡고 한 방향으로 이끌었다. 방 저만치에 조그마한 주안상이 놓여 있었다.

"그렇지 않아도 오늘 그동안 수고한 서방님께 술을 따라드려야겠다 작정하고 조촐하게 주안상을 준비했지요."

"역시 내 부인이오. 아니, 우리는 한 몸이지."

방원이 함박웃음을 짓자 숙덕이 상을 가져오기 위해 옆에 벗어놓은 옷을 입으려 했다. 방원이 슬그머니 손을 뻗어 그를 제지하자 숙덕이 못 이기는 체하며 그 상태로 준비해놓은 주안상을 방원의 앞으로 가져왔다.

"오늘은 평소보다 과음한 모양인데 무슨 특별한 이유라도 있나요?"

"과거급제자들과 술잔을 기울이고 나와 동갑인 친구들과 다시 자리를 가졌다오."

"서방님이 가장 연하가 아니었나요?"

"나도 그런 줄 알았는데 나와 동갑인 사람이 둘이나 있었소. 특히 장원급제한 친구가 동갑이더이다."

"장원급제! 그 사람이 누구인데요?"

"김한로라는 친구인데, 부인은 잘 모를 것이오."

숙덕이 가만히 김한로를 되뇌었다.

"전혀 감을 잡지 못하겠어요."

김한로, 후일 이방원의 장남인 양녕대군의 장인으로 조선 개국 뒤 태종에게 각별히 우대를 받았다. 그러나 자신의 사위인 세자 양녕의 사저에 여자를 출입시킨 일로 직첩이 몰수되고 후일 자신이 보관하고 있던 사초를 불태우는 등의 일로 자손들의 벼슬길도 막히게 하였다.

"그 친구의 경우 개천에서 용 난 경우라 표현할 수 있는데, 여하튼 그 친구가 흥미있는 이야기를 하더이다."

"무슨 이야기인데요?"

"나이는 비록 많지 않지만 집안을 살리기 위해 일찍감치 관직에 들어서야겠다고 하더이다."

"그런데요?"

숙덕이 술병을 들고 그 말의 의미를 밝히라는 듯 방원을 똑바로 주시했다.

"나도 그러면 어떨까 싶어 그런다오."

방원이 말하면서 슬그머니 잔을 내밀었다.

"정확하게 말해주세요."

숙덕이 천천히 잔을 채우자 방원이 곧바로 잔을 비워냈다. 잔을 비웠는데 언제나 안주를 챙겨주었던 숙덕이 가만히 바라만 볼 뿐이었다.

"말 그대로지요. 나도 이참에 관직에 나가 돈을 벌고…."

"돈 벌어서요."

방원이 말을 끝마치기도 전에 숙덕이 말을 잘랐다.

"이제 처가 신세는 그만 지고 분가를 하는 게 어떨까 싶어 그런다오."

"왜 그런 생각하였어요?"

그제야 숙덕이 안주를 챙겨 방원에게 건넸다.

"부인한테 너무 미안하고 또 우리 정순이도 태어나고 했으니 한 가정의 가장으로서 내 역할을 해야 할 듯하여 그렇소."

"지금 한 가정의 가장이라 하였나요?"

"그렇소만."

"그러면 나는 우리 가정에서 어떤 존재인가요?"

"그야…."

방원이 할 말을 잊어버린 듯 멀끔하니 숙덕을 바라보았다.

"서방님은 그 부분에 대해 너무 자책하지 않아도 돼요. 저 역시 이 집안의 가장으로서 제 역할이 있으니까요. 아울러 집안의 경제 문제는 지금으로서는 제가 감당해야 할 부분이고요. 그리고 서방님 문제로 인해 아버지와 대화를 나누었어요."

"장인 어른과 대화라니요?"

"물론 서방님의 앞날에 어떤 방식이 유리할까에 대해서지요. 결론적으로 언급하면 아버지께서는 서방님이 지금 바로 관직에 나아가기보다는 좀 더 내실을 쌓고 연후에 관직에 나가는 게 이로울 거라는 말씀을 주셨어요."

"구체적으로 말해주겠소."

"서방님이 지금 관직으로 나갈 수도 있지요. 그러나 그런 경우 서방님은 그저 말단으로부터 시작해야 하는데 그 일에 목 매달다 보면 그 일이 결국 앞날에 발목을 잡을 수도 있다 하셨습니다. 아버지께서는 길게 바라보고 처신하는 게 이로울 것이라는 말씀을 주셨어요."

"나도 그 생각 안 해본 바 아니오. 다만…."

"서방님의 생각 기탄없이 말해보세요."

"부인한테 너무나 미안하다는 생각이…."

"무슨 말을 그리하시나요. 그러면 서방님은 서방님과 제가 하나가 아니라는 말입니다."

이번에도 숙덕이 방원의 말을 중간에 막고 나섰다.

"그럴 리가 있겠소. 내 어찌 그런 생각 꿈에라도 할 수 있겠소."

숙덕이 가만히 자리에서 일어나 방원의 곁에 자리하며 상반신을 방원에게 기댔다. 살과 살이 마주하면서 미세한 전율이 방원에게 찾아든 모양으로 방원이 잠시 움찔거렸다. 이어 방원이 한 팔을 뻗어 자신에게 다가온 숙덕을 품으로 받아들였다.

"서방님과 저는 영원히 하나라는 사실 유념하세요."

말을 마친 숙덕이 방원이 방금 내려놓은 빈 잔을 들었다. 방원이 그 의미를 헤아리고 병을 들어 술잔을 채웠다. 숙덕이 마시는 시늉만 하고 그 잔을 방원에게 건넸다.

"부인, 그런데 말이오."

"말씀하세요."

"조금 이상한 이야기를 들었소."

"무엇인데요?"

숙덕이 방원에게 더욱 밀착했다. 방원이 그 순간을 애타게 기다렸다는 듯이 숙덕을 두른 팔에 힘을 주었다.

"이번 과거 시험에 장인께서 관여했다는 이야기가 들려서 말이오."

"아버지 직위가 있으니 당연히 관여하지 않으셨겠어요."

"그게 아니라…."

말을 끝맺지 못한 방원이 눈을 깜박였다.

"혹시 아버지께서 서방님에게 유리하도록 과거 시험을 조작하지 않으셨느냐 하는 이야기인가요?"

"바로 그러하오."

"서방님은 어떻게 생각하시나요?"

"어림도 없는 이야기지요. 장인 어른이 어떤 분이신데."

말소리를 높인 방원의 표정이 조금은 섭섭하다는 듯이 굳어졌다.

"그게 세상 이치라 생각하지 않는지요."

"무슨 말이오?"

"실제와 세상 사람들의 생각 차이 말이에요. 아버지께서는 서방님을 위해 어떤 행동도 취하지 않으셨는데 세상 사람들은 아버지의 직위 그리고 서방님이 사위라는 이유 때문에 당연히 서방님에게 유리하도록 과거 시험에 개입하셨을 거라는 잘못된 생각들 말이에요."

방원이 숙덕이 넘긴 잔을 비워내고 길게 여운을 남겼다. 마치 숙덕이 한 말의 의미를 되새기는 듯했다.

"그런 이유로 아버지께서는 서방님이 곧바로 관직에 참여하기보다는 더욱 내실을 기하여 당당하게 시작하는 게 유리하다고 판단하신 거지요."

방원이 대답 대신 가볍게 고개를 끄덕였다.

"부인은 이후 내가 어떤 행보를 이어가는 게 좋을 듯하오?"

잠시 생각에 잠겨들었던 방원이 몸으로 스며드는 전율을 참기 힘들다는 듯이 양팔로 숙덕의 상반신을 껴안았다.

"이제는 아버지를 보필한다는 차원에서… 무술에도…."

숙덕의 입에서 더 이상 말이 흘러나오지 못했다.

드러나는 진실

드러나는 진실

*
*
* 숙덕이 둘째 아이를 막 임신하였을 즈음 시어머니 한 씨가 방문했다. 정순을 출산하고 또 아이를 가진 데 대해 시어머니로서는 마냥 모른 체할 수 없는 처사였다. 그 당시 시어머니 한 씨는 이성계의 권고로 영흥에서 포천 재벽동(심곡산 줄기로 추정)에 터전을 마련하고 있었고 송도와 그리 멀지 않은 곳에 머물러 있었기에 내심 방문했던 터였다.

그녀의 도착에 맞추어 정순을 대동하고 어머니 송 씨와 맞이하여 안채로 들어 담소를 나누다 숙덕의 거처로 옮겨 둘만의 시간을 함께하는 중이었다.

"네가 아비와 가정을 건사한다고 들었는데, 고생이 많겠구나."

"고생은요, 당연히 제가 할 몫이지요."

"고마운 소리야. 그런데 아까부터 아비가 보이지 않던데 어디 출타 중이냐?"

"시아버지를 도와드린다고 외출하였어요."

"그래, 구체적으로 무슨 일을 하고 있는지는 아느냐?"

"그저 시아버지를 도와서…."

숙덕이 더 이상 말을 이을 수 없었다. 과거에 급제하고 관직에 나가려는 방원에게 좀 더 내실을 기할 수 있는 방법을 찾아보라고 권유하면서 시아버지로부터 무예를 배우라고, 문과 무를 겸비하라고 권유했던 터였다. 그 이후 방원은 아버지를 만나 곁에서 보필하며 일을 배운다는 구실로 자주는 아니지만 가끔 집을 비우고는 했었다.

"며느리가 잘 모르는 모양이로구나."

한 씨가 표정이 굳어지면서 가볍게 한숨을 내쉬었다. 순간 숙덕의 얼굴에 근심이 어리기 시작했다.

"지금 네 시아버지와 아비가 이색과 함께 작고하신 네 시할아버지의 신도비문을 작성하고 있다는 사실을 모르는구나."

"시할아버지 신도비문요, 돌아가신 지 얼마인데 이제…."

숙덕의 시할아버지 이자춘은 숙덕과 방원이 태어나기 전인 1360년에 사망했다. 그런데 근 30여 년이 되어가는 즈음에 느닷없이 이자춘의 신도비문이라니 다소 황당스럽게 느껴진 모양이었다.

"그 일을 시작으로 앞날을 준비하는 게지."

숙덕이 다시 신도비문을 읊조렸다. 신도비란 죽은 사람의 생애와 업적 등의 기록을 남겨 무덤 앞이나 혹은 무덤 주변에 세워 죽은 자의 사적을 드러내는 비석을 의미한다. 아울러 이자춘의 묘소는 정릉(定陵)으로 동북면(함경남도 함흥시)에 위치했기 때문이었다.

"그 일로 앞날을 준비하다니요?"

"표면상으로는 내 시아버지에 대한 기록이지만 내막을 살피면 그를 빌미로 자신의 뿌리를 견고하게, 정당화하려는 게지."

"혹시 무슨 문제라도…."

숙덕이 쉽사리 이해되지 않는지 한 씨를 빤히 주시했다.

"특별히 문제 될 거라고는 없지만 이 나라의 왕이 되려고 한다면 주의를 단단히 기울이는 게 좋지 않겠니."

"왕이요!"

숙덕이 외마디 소리를 지르고 본능적으로 주위를 둘러보았다. 그 순간 맞선 볼 당시 방원이 지나가는 투로 했던 이야기가 떠올랐다. 이성계가 황산 전투에서 대승을 거두고 전주에서 은연중 암시했었다.

"네 시아버지가 말이야."

가볍게 운을 뗀 뒤 한 씨로부터 자초지종이 흘러나오기 시작했다.

영흥에 거주하고 있을 때 한 사람이 이성계를 찾아왔다. 한사코 만나기를 요구하여 하인으로 하여금 용건을 묻자 그 사람이 지리산 바윗돌 사이에서 주웠다며 종이를 내밀었다. 하인이 가져온 종이를 펼쳐보니 "목자(木子)가 돼지를 타고 내려 와서 다시 삼한의 지경을 바로잡으리라."는 글이 쓰여 있었다.

그 글을 바라보자 은연중 들었던 이야기가 문뜩 떠올랐다. 하도 미심쩍어 스쳐 지나가는 투로 들었던 내용으로 고려의 서운관에 간직되어 있는 비기에 '건목득자(建木得子)'의 설이 있고, 또 '왕 씨가 멸망하고 이(李) 씨가 일어난다.'는 내용이었다.

상황이 그에 이르자 이성계가 하인을 시켜 그 글을 가져온 사람을 정중하게 맞아들이라 하였는데 그 사람은 이미 떠나가고 없었다. 이성계가 아쉬움을 뒤로하고 다시 그 글을 살펴보았다. 건목득자란 나무 목(木) 자에 아들 자(子) 자를 덧붙인 것. 즉 이(李) 자에 대한 파자(破字)로 이 씨를 가리키는 말이었다.

그를 새기며 이성계는 당시 고려 사회를 내밀히 주시했다. 이 씨 성을 가진 사람으로는 이인임만이 권력에 눈독을 들일

만한 인물로 보였다. 결국 이인임만 제거하고 나면 자신이 새로운 왕좌의 적임자가 되리라는 결론에 도달하게 된다.

"네 시아버지가 그래서 송도로 진출한 게야. 왕이 되려고."
"왕이 되려면 고려를 전복해야 하는데, 고려 사람으로 어떻게 고려를 무너트릴 수 있나요?"
"네 시아버지는 고려란 나라에 아무런 애착도 지니지 않고 있어. 즉 무늬만 고려 사람이지 실질적으로는 원나라 내지는 여진인이라고 간주해야 옳지 않겠느냐?"

이성계의 고조할아버지 이안사가 일찌감치 원나라에 투항했었고 아버지 이자춘대에 이르러 1355년에 다시 고려에 투항했었다.

"그렇다면 지금의 모든 일들이…."
"이제 이해되느냐."
"결국 작은어머니 일도…."

숙덕이 조심스럽게 운을 떼었다. 그런 숙덕을 바라보며 한 씨가 가느다랗게 한숨을 내쉬었다.

"지금 네 시아버지가 자신의 뿌리를 공고히 하려는 그 일에 강 씨 여인 역시 그 일환으로 간주해야하지."

드러나는 진실

"결국 시댁 쪽에 뭔가 문제가 있다는…."

숙덕이 이번에도 말을 끝맺지 못했다. 말하는 도중에 일전에 이방원이 넌지시 건넸던 말이 떠오른 탓이었다.

"일설에는 마치 내 친정 쪽으로 문제가 있지 않느냐는 말들이 흘러다니는데 그 역시 잘못된 소문일 뿐이야."

숙덕이 그 내막을 알려달라는 듯이 한 씨의 입을 주시했다. 한 씨가 다시 한숨을 내쉬며 가까이 다가 앉아 숙덕의 손을 잡았다.

"네 시아버지 외가 쪽으로 문제가 있지."

한 씨가 조심스럽게 입을 열고는 다시 입을 닫았다. 숙덕이 재촉하지 않고 다음 말을 기다린다는 듯이 빤히 주시했다.

"네 시할아버지의 장인 되는 사람의 원래 이름은 조조(趙祚)였어. 일설에는 성도 조(趙)씨가 아니라 원래는 조(曹)씨였다고도 하는데, 그런데 어느 순간 처가의 성을 따른다는 구실로 자신의 성과 이름을 지워버리고 최한기(崔閑奇)라는 이름으로 등장하였지."

"네!"

숙덕이 하도 기가 찬지 외마디 소리를 질렀다.

"어미가 생각해도 쉽사리 이해하기 힘들지."

"그러면 결국…."

숙덕이 이번에도 역시 말을 잇지 못했다.

"네 시가가 지니고 있는 뿌리에 대한 정당성을 확보하기 위해 완벽한 고려의 권문세족 출신인 강 씨를 택한 게지. 그리고 그 여인 역시 자신은 물론 가문의 부활을 위해 네 시아버지를 선택했고. 결국 두 사람의 이해관계가 맞아떨어진 게야."

당시 고려는 신흥국가인 명나라와 우호관계를 형성하고 있었는데, 1374년 오랑캐 출신으로 고려에 귀화한 김의가 명나라 사신 채빈(蔡斌) 등을 살해하고 북원(北元)의 장수 나하추에게 달아나는 일이 발생했다. 이와 관련하여 고려의 실권자인 이인임의 사주로 강 씨의 둘째 오빠인 강순룡이 김의를 원나라에 보냈다는 무고를 받아 유배될 정도로 가문이 위기에 봉착해 있었다.

이어지는 한 씨의 설명에 숙덕이 가만히 고개를 주억거렸다.

"그런데 어머니, 지금 제 서방은 이러한 정황들을 알고 있는가요?"

"이번에 알게 되겠지. 지금까지는 네 시아버지가 쉬쉬하는 바람에 외부 사람은 물론 가까운 사람들도 알기 어려웠다고 보아야지.”

"결국 제 서방이 이색 대감과 작업하고 있는 일들은 오로지 시아버지의 왕업을 이루기 위한 일련의 조작이 아닌가요?"

"그에 대해서는 나도 확단할 수 없다. 그러나 후일 그 일이 진실인지 거짓인지는 밝혀지리라 생각한다."

"어떻게요?"

"이색 대감의 행보를 보면 답이 나오지 않겠느냐?"

"이 대감의 행보라니요?"

"이색 대감의 주도로 작업하는 그 일이 진실이라면 이 대감의 안위에 아무런 영향을 미치지 않겠지만 혹시라도 그 일이 거짓이라면, 그런 경우라면 네 시아버지가 새로운 왕조를 열 경우 그냥 놔두겠니?"

"결국 이 대감은 시아버지의 의도를 알지 못하고 그저 이용당하고 있는 경우라 보아야겠네요."

"그런데 이 대감은 그러한 사실을 전혀 모르고 그저 생색내기로 일관하고 있으니 한편 생각하면 안되었다는 생각이 드는구나."

"무슨 말씀이신지요?"

"이 대감이 아마도 네 시아버지의 사탕발림에 넘어가고 있는 것으로 보여. 그 이면에 가려진 엄청난 비밀을 모르고 그저 겉만 바라보고 덤비고 있는 게지. 그 일이 저에게 약인지 독인지도 모르고."

순간 숙덕의 머리에 시아버지의 모습이 스쳐 지나갔다. 이어 아무것도 모르고 그 일에 참여하고 있을지도 모를 방원의 모습 역시 스쳐 지나갔다.

"여하튼 이후로 어미가 정신 바짝 차려야 할 일이야?"

"제가 무슨 이유로…."

"네 시아버지가 본인의 의지대로 새로운 왕조를 연다면 아비의 역할이 중요할 거야."

"제 서방이야 그저 아들 중 한 명에 불과하지 않은가요?"

숙덕의 질문에 한 씨가 가볍게 혀를 찼다.

"내가 아비를 임신했을 때 이상한 태몽을, 흰 용이 내 뱃속으로 들어오는 꿈을 꾸었단다."

느닷없이 태몽 이야기가 나오자 숙덕의 귀가 쫑긋해졌다.

"용도 흰 용이 있는가요?"

"글쎄다. 사실 확인은 어렵지만 당시 용하다는 주변 점쟁이에게 그에 대해 말을 건네자 후일 크게 될 아이가 태어날 것이라 하더구나. 네 시아버지의 유지를 이을 적임자라고. 그리고 네 시아버지도 그에 대해 의문을 품지 않았고."

"그런데 그게 정신 바짝 차릴 일인가요?"

"결국 종국에는 아비와 강 씨가 한판 승부를 겨루어야 할 운명으로 보이는구나."

숙덕이 강 씨를 되뇌었다.

"그래서 어미에게 당부하려 한다. 절대로 그 여인을 적으로 돌리지 말라고. 말인즉 가장 위험한 적은 가장 가까이 두라는 말을 반드시 유념해야 할 일이야."

강세를 우군으로

강 세를 우군으로

*
*
*
"지금 이 시간이면 조정 일에 한창 바쁠 터인데 어쩐 일인가요?"

숙덕이 소끔과 함께 두 딸인 정순, 경정과 망중한을 즐기는 중에 조정에서 전리정랑(이조의 정5품 관직)의 직을 수행하던 방원이 집으로 들어섰다. 숙덕이 의아한 표정을 짓자 방원이 그는 아랑곳하지 않고 다짜고짜 숙덕의 손을 잡아 끌었다. 숙덕이 잠시 멈칫하고 소끔으로 하여금 아이들을 돌보라 하고는 방원이 이끄는 대로 방으로 이동했다.

"부인, 서둘러야겠소!"

방원이 방에 들자마자 목소리를 낮추어 다급하게 입을 열었다. 숙덕이 잔뜩 긴장하고 있는 방원을 주시했다. 이른 시간에 집에 돌아온 일도 그러하지만 표정으로 보아 심상치 않은 일이 발생하였다는 직감을 받았다.

"자초지종을 먼저 이야기해주셔야 하지 않겠어요?"

이번에는 숙덕이 방원의 팔을 잡고 자리에 앉을 것을 종용했다. 잠시 숙덕의 차분한 표정을 살피던 방원이 자리에 앉자 숙덕이 문가로 나가 소끔에게 냉수를 가져오라 지시했다.

"무슨 일인데 이리도 서두르시나요?"

잠시 생각에 잠겨 들었던 방원이 피식하고 웃음을 내비치며 숙덕의 손을 잡았다.

"역시 내 부인이오. 마냥 서두른다고 될 일이 아닌데도 불구하고 내가 허둥지둥하고 있으니…."

숙덕이 그저 웃기만 했다. 아버지로부터 조정이 움직이는 상황을 꿰고 있던 숙덕이 방원이 이리도 서두르는 그 속사정을 이미 예견하고 있었던 터였다.

둘째 딸 경정의 첫돌이 다가올 무렵 조정이 바쁘게 움직이고 있었다. 원나라를 격퇴한 명나라가 요동에 철령위를 설치하고 철령 이북 지역에 대한 소유권을 강력하게 주장하는 일이 발생했다.

그러나 우왕과 당시 실권자인 최영은 이에 대해 자국 영토에 대한 심각한 침해 행위로 결론 내리고 요동 정벌을 기획하게 된다. 아울러 우왕은 최영을 총 지휘관으로 삼고 이성계와 조민수로 하여금 요동을 정벌하라는 지시를 내린다.

숙덕이 소끔이 가져온 냉수를 방원에게 마시도록 권유하고 방원 곁에 자리했다.

"자, 이제 차분하게 말해보세요."

방원이 즉답 대신 손으로 입가를 훔치며 민망하다는 표정을 지었다. 숙덕이 재촉하지 않고 미소를 지으며 방원을 주시했다.

"부인도 짐작하고 있겠지만 지금 조정 상황이 급박하게 흘러가고 있다오. 그래서 지금 아버지께서 군사들을 이끌고 평양으로 출정하였소."

"그런 경우 서방님도 시아버지와 동행해야 할 일이 아니던가요?"

숙덕이 고려군이 평양에서 군사를 징발하여 대대적인 출정을 실시하기로 했던 사실 역시 알고 있던 터라 차분하게 말을 이었다.

"정상적이라면 당연히 그리해야 할 일이건만…."

방원이 말을 멈추고 문가를 바라보았다. 소끔이 방을 나서면서 문을 제대로 닫지 않았음을 살핀 숙덕이 자리에서 일어나 문을 닫고 다시 돌아왔다.

"자, 이제 시원하게 말씀해보세요."

"결론적으로 이야기하면 아버지는 조정과 의견을 달리하고 있소. 그래서 아버지께서 내게 따로 일을 맡기셨다오."

방원이 잠시 말을 멈추고 가볍게 한숨을 내쉬었다. 숙덕이 재촉하지 않고 가만히 방원의 입을 바라보았다.

"아버지는 철령위를 회복하는 일을 상당한 무리수로 보고 있소. 나아가 불가능하다 판단하고 있소. 아울러…."

방원이 말을 멈추고 다시 문을 바라보았다.

"조금도 걱정하지 말고 마저 말씀하세요."

숙덕의 재촉에 방원이 다시 냉수를 들이켰다.

"아버지께서는 조정의 명을 받드는 시늉하고 아버지의 의지를 관철하려 하오."

"구체적으로 말씀해주세요."

숙덕이 답답하다는 표정을 지으며 방원의 말을 잘랐다.

"단도직입적으로 이야기하겠소. 아버지는 이참에 철군을 구실로 고려를 장악하려 하신다오."

이번에는 숙덕이 가볍게 한숨을 내쉬었다.

"왜 그러오, 부인."

"별로 새삼스럽지도 않은 일이기에 그러하지요."

"새삼스럽지 않다니요?"

"시아버님의 의중은 이미 알고 있었습니다."

"부인이 어떻게…."

숙덕이 차분하게 말을 잇자 방원의 말소리가 올라갔다.

"일전에 시어머니께서 일러주셨습니다."

"어머니께서!"

숙덕이 일전에 시어머니로부터 시아버지의 의중에 대해 들었던 이야기의 대강을 설명하기 시작했다. 설명을 듣는 방원이 연신 고개를 끄덕이면서 숙덕의 설명을 경청했다. 물론 방원이 실기했던 부분, 집안의 뿌리에 대해서는 언급하지 않았다.

"그건 그렇고 시아버지께서 서방님에게 당부하신 일이 무엇인데요?"

"일이 어떻게 진행될지 모르니 일이 마무리될 때까지 우리 가족들 모두 우리의 본거지인 영흥으로 이전토록 하라는 말씀을 주셨소."

"그야 당연한 일입니다만, 그래서요."

"부인과 아이들 그리고 지금 포천에 거주하고 있는 어머니를 모시고 영흥으로 이동하려 하오."

"작은어머니는 어찌하고요?"

물론 작은어머니는 이성계의 후처인 강 씨를 의미했다. 당시 강 씨 역시 포천의 철현으로 거주지를 일시적으로 옮겼던 터였다. 말인즉 이성계는 이미 모든 일을 계획하고 사전에 철저하게 준비를 마쳤던 게다.

"아버지는 그 여인도 함께 모시고 가라 하셨지만 별로 마음이 내키지 않소."

"왜요?"

"어머니와 동행하는 일이 조금 망설여지는군요."

"그러면 아버지의 말씀을 거역하려는 건가요?"

"거역이라기보다도, 어머니와의 문제도 있지만 그 여인을 포함 이복 동생인 방번과 방석까지 합류하게 되면 너무나 거추장스럽지 않을까 염려되어 그렇소."

숙덕이 방원의 근심스런 표정을 살피며 잠시 침묵을 지켰다. 이어 방원이 마시다 만 냉수를 들이켰다.

"서방님, 아버님 말씀대로 하세요. 대신 저는 아이들과 이곳에 머무르도록 하겠어요."

"그게 무슨 말이오?"

"차근히 생각해보니 저와 우리 아이들은 이곳을 떠나면 안 된다는 생각이 들었습니다."

"도대체 무엇 때문에…."

방원의 눈이 동그랗게 변하며 말을 잇지 못했다.

"서방님이 냉정하게 생각해보세요. 포천에 기거하고 계신 분들과 우리는 다르지요. 이곳에 있는 우리가 함께 움직인다면 그 일은 곧바로 남들의 시선에 노출될 테고. 그로 인해 의심을 불러 일으키지 않겠어요?"

"물론 그럴 수도 있지요. 그러나 그게 염려된다고 어떻게 가장 소중한 내 가족을 두고 떠난다는 말이오?"

"바로 그런 이유 때문입니다."

방원이 아리송한 표정을 지으며 잠시 생각에 잠겨들었다 쑥스럽다는 듯 미소를 머금었다.

"부인 말대로라면 이른바 허허실실입니다."

"그를 두고 허허실실이라 표현해도 좋을지 모르겠으나 서방님에게 가장 소중한 저희가 이곳에 남아 있어야 그 누구도 서방님의 나아가 시아버님의 행동에 대해 의심하지 않을 겁니다."

"그런 경우 부인의 안위는 걱정하지 않아도 되는가요?"

"서방님, 일의 진행 상황을 세심하게 살펴보세요."

방원이 잠시 생각에 잠겨들었다. 작금의 일이 이성계의 의

도대로 이루어지지 않는다면 고려에서는 살 수 없는 일이었다. 그런 경우를 대비해서, 유사시를 위해 이성계의 본거지인 영흥으로 일시적으로 거처를 옮긴다 해도 그 역시 완벽한 피난처는 될 수 없었다. 그곳은 이미 오래전에 고려의 영토로 편입되었기 때문이다.

"부인의 말이 어느 정도 이해는 되오. 하지만 내 어찌 부인과 아이들을 남겨두고 갈 수 있겠소."

"서방님은 시아버지를 어떻게 생각하시나요. 제 생각으로는 이번 일이 시아버지의 일시적인 생각이 아니라 오래전부터 벼르고 벼르셨던 일로 알고 있고. 그런 차원에서 반드시 성공하리라 확신까지 하고 있습니다. 그런 경우라면 번거롭게 왔다 갔다 하느니 마음 편히 먹고 이곳에 머무는 일도 한 방편이 될 수 있지요."

"내 생각도 부인의 생각과 진배없소. 그렇지만 아버지의 명이 있었으니 그에 따라야 하지 않겠소?"

"그 일은 조금도 신경쓰지 마시고 저와 우리 아이들에게 신경 쓸 여지를 작은어머니와 그 가족들에게 돌리세요."

방원이 가볍게 작은어머니를 되뇌었다.

"부인의 말을 빌리면 작은어머니에게 공을 들이라는 이야기로 들리는데 그 무슨 특별한 이유라도 있소?"

숙덕이 잠시 침묵을 지키다 작심한 듯 시어머니로부터 들었던 이야기를 풀어내기 시작했다. 그를 듣는 방원의 표정이 시시각각 변해갔고 숙덕이 말을 마칠 즈음에는 가볍게 한숨을 내쉬었다.

"결국 작은어머니의 속내는 시아버지와 함께 공동정권을 일구어내려는 것이고 시아버지도 그에 동조하고 있는 것으로 이해하면 될 듯합니다. 그런 연유로 시어머니께서 피를 토하는 심정으로 양보하신 것이고요."

"어머니께서 속이 상당히 깊으셨군요."

"그 때문에 당신을 희생하셨다고 보아야지요. 그러니 어머니의 희생을 헛되이 해서는 안 될 일이지요."

방원이 고개를 끄덕이며 천장을 바라보았다.

서장관으로

서장관으로

*
*
*   철령위를 회복하라는 명을 받은 이성계가 위화도에 이르러 자신의 속내를 여지없이 드러냈다. 조민수의 동조를 얻어 4불가론을 앞세워 전 병력을 이끌고 회군하여 최영을 고봉현(현 고양시)으로 귀양보내고 또한 우왕을 폐하고 그의 아들인 창을 내세워 창왕으로 보위를 잇게 하여 고려 조정의 권력을 장악하기에 이른다.

위화도에서 이성계가 회군하며 내건 4불가론이다.
첫째, 작은 나라로서 큰 나라를 공격할 수 없다.
둘째, 여름에 군사를 동원할 수 없다.
셋째, 온 나라 군사를 동원하여 멀리 정벌하면, 왜적이 그 허술한 틈을 탈 것이다.
넷째, 지금 한창 장마철이므로 활은 어교(민어의 부레를 끓여 만든 풀)가 풀어지고, 많은 군사들은 역병을 앓을 것이다.
이성계가 내건 4불가론을 살피면 관점에 따라 달리 해석

할 수 있다. 외형상으로만 살피면 이성계의 지적은 완전 모범 답안형이다. 그러나 전쟁이란 특수 상황을 감안한다면 이성계의 의견은 한낱 구실에 불과할 수도 있다.

이성계가 회군하여 송도에 머물게 되자 소식을 접한 방원이 작은어머니 가족과 함께 돌아왔다. 그러나 시어머니 한씨는 송도로 돌아오기를 거부하고 자신의 고향에 머물기로 작정했다고 했다.

다시 일상으로 돌아온 방원이 아버지 이성계의 움직임에 따라 덩달아 바빠지고 있었다. 새벽같이 집을 나서 이성계의 집으로 향해 그곳에서 이성계와 일정을 함께하는 일이 다반사가 되었다.

"집에 일찍 들어온 모양을 보니 또 무슨 일이 있는 듯합니다."

방원이 다른 날보다 일찌감치 집에 들어서자 숙덕이 호기심 어린 표정을 지으며 맞이하여 방으로 이끌었다.

"금일 아버지께서 목은 대감과 함께 긴한 이야기를 나눈 모양입니다."

"무슨 일로요!"

목은 이색이라는 소리에 숙덕이 슬며시 긴장했다.

"왕께서 문하시중인 이 대감과 첨서밀직인 이숭인 대감을 명나라에 사신으로 보내기로 정했는데 그 길에 아버지와 동행했으면 좋겠다는 말을 전했다 합니다."

"시아버지와 동행을, 무슨 이유로 말인가요?"

"내심 걱정스러운 모양입니다."

"무엇이 말인가요?"

"아버지께서 자신의 부재 시에 권력을 빼앗지 않을까 하는 두려움 때문인 듯 보입니다."

방원의 설명에 숙덕이 슬그머니 미소를 보였다.

"부인은 어찌 그러시오?"

"이 대감이란 인물이 참으로 알다가 모를 사람이라는 생각이 갑자기 들어 그러합니다."

"왜 그리 생각하오?"

"제가 알기로 이 대감이 시아버지의 부탁으로 서방님과 함께 서방님 집안의 족보를 만들어준 것으로 알고 있습니다."

"그거야 내가 잘 알고 있지요."

"그런데 천하의 이 대감이 시아버지의 의중을 모르는 척 위장하고 있다는 사실이 조금은 안쓰럽다는 생각이 듭니다."

"그게 무슨 의미요?"

되묻는 방원의 눈썹이 슬그머니 한쪽으로 올라갔다. 그를 바라본 숙덕이 의아하다는 표정을 지었다.

"내 말이 잘못되었나요?"

숙덕이 진지한 표정으로 방원을 주시했다. 방원이 가볍게 신음을 내지르고 잠시 방 구석구석을 살폈다.

"부인이 알고 있었소?"

"일전에 잠깐 언급했지만 시어머니께서 그 부분에 대해서도 언급을 주셨었습니다."

잠시 침묵을 지키던 방원이 숙덕에게 가까이 다가가 손을 잡았다.

"부인이 생각하고 있는 게 맞을 듯하오."

짤막하게 답한 방원이 가볍게 한숨을 내쉬었다. 숙덕이 재촉하지 않고 방원의 입을 바라보았다.

"결론적으로 언급하면 지금 이 대감은 아버지께 일종의 시위를 하는 것으로 보입니다. 자신의 부재시에 아버지께서 모종의 결단을 내릴 일을 걱정하는 게 아니라 본인이 명나라에 가 있는 동안 사건을 일으켜 자신을 배제시킬까 보아 그를 염려하는 듯합니다."

이번에는 숙덕이 가볍게 한숨을 내쉬었다.

"시아버지의 의중은 무엇인지요?"

"그 이야기는?"

"이색 대감을 어찌 처리하시려 하는지 모르겠어요."

"아버지께서는 이 대감의 우유부단함을 잘 알고 있고 그래서 그 사람에게 중차대한 일을 부탁하신 겁니다."

"그래서요?"

"일단은 관망하자는 입장이십니다."

"그 사람이 일을 그르치면 어찌 하시게요?"

"그럴 일이 없다 생각하시니 잠시 관망하자는 입장이시지요."

"말인즉 유사시에 제거할 수 있다는 의미입니다."

"물론 그리해야 하겠지요. 그러나 부인의 말대로 이 대감이 감히 일을 벌일 위인으로는 보이지 않기에…."

"사람 일이란 모르지요."

방원이 말하다 주저하자 숙덕이 단호하게 말을 이었다.

"그래서 시아버지께서 명나라에 가신다고 하시나요?"

방원이 침묵을 지키자 숙덕이 대화의 방향을 바꾸어야겠다 생각한 모양이었다.

"아버지께서 가실 수는 없는 노릇이지요."

"무슨 문제라도 있는가요?"

"부인이 생각해보시오. 고려의 모든 실권은 아버지께서 잡고 있지만 엄연히 왕이 존재하고 있지 않소. 그런 어정쩡한 입장에서 아버지께서 명나라에 가서 천자를 만난들 무슨 말을 하실 수 있겠습니까. 그런 이유로….".

"결국 서방님을 대신 보내시겠다는 말씀이시네요."

"바로 그렇소. 아버지 대신 내가 동행하기로 하였소."

"이른바 인질입니다."

"그럴 수도 있소. 그래서…."

"마음에 걸리는 게 있나요?"

"그 속을 몰라서 그럽니다."

방원이 다시 가볍게 한숨을 내쉬었다.

"어차피 부딪쳐야 할 일이 아니던가요?"

숙덕이 방원의 얼굴을 주시하자 방원의 얼굴 위로 비장한 기운이 스쳐지나갔다.

"부인 말대로 언제고 맞닥뜨려야 할 일입니다."

"또한 서방님이 유념해야 할 일이 있습니다."

"무엇을 말이오?"

"이제 서서히 끝장을 보아야지요?"

"끝장이라니요?"

"왜 시아버지께서 곧바로 보위에 오르지 않고 굳이 창을 왕으로 세웠는지 그 이유를 헤아리고 일처리 하도록 해야지요. 아울러 왜 시아버지께서 굳이 서방님을 그들과 함께 명나라에 가도록 해야 했는지 그 의미 역시 헤아려야지요."

"그저 부인의 혜안에 감탄할 뿐이오. 그런데 일련의 일들, 아버지의 의중을 어떻게 헤아리셨소."

잠시 침묵을 지키던 방원이 숙덕의 손을 힘차게 잡았다.

"시아버지께서 굳이 우왕을 폐위시킨 이유는 우왕이 실질적으로 공민왕이 아닌 신돈의 아들이기 때문이라는 소문이 자자합니다. 그런 경우라면 금번에 서방님이 명나라에 가면서 후일 시아버님의 일에 대한 정당한 명분을 줄 수 있도록 해야 하지요. 아울러 그런 이유로 시아버지께서 서방님을 사신 일행으로 보내는 것이구요."

방원이 다음 말을 이으라는 듯 흡족한 표정을 지으며 숙덕을 주시했다.

"중이 제 머리 못 깎는다는 말이 있지 않습니까. 그러니 서방님이 시아버지의 머리를 깎아 아니, 일이 그리되도록 만들어가야지요."

"말인즉?"

"이번 일을 시작으로 본격적으로 접근해야지 않겠어요. 그리고 한 가지 부탁드려도 될까요?"

"부탁이라니 당치 않소. 그저 해라 하세요."

방원이 익살스런 표정을 지었다.

"우리 부부는 하나라는 사실 잊지 않으셨겠지요. 그러니 조금이라도 저에게 숨기는 일이 있어서는 안 될 일입니다."

"그야 당연한 일 아니오."

답하는 방원의 표정이 민망한 듯 변해갔다. 그러기를 잠시 후 방원의 몸이 숙덕에게 기울기 시작했다.

"왜 그러는지요?"

"우리 부부가 하나라는 사실을 다시 확인해봐야 하지 않겠소."

"아직도 그런 생각을…."

숙덕이 방원의 급격한 움직임으로 인해 더 이상 말을 할 수 없었다.

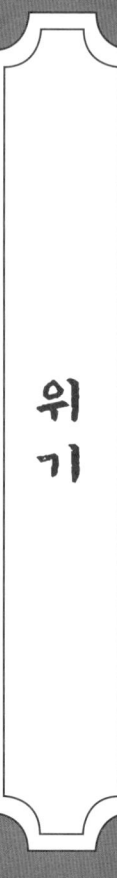

위기

위기

*
*
* "지금 아범은 어디 있느냐!"

방원이 시어머니 한 씨의 죽음으로 인해 여묘살이에 한창인 즈음 느닷없이 작은어머니인 강 씨가 잔뜩 긴장한 표정을 지으며 집으로 들어섰다. 대답에 앞서 그녀의 표정을 살폈다. 짧지 않은 거리를 마치 달려온 것처럼 호흡이 고르지 못했고 또한 이른 봄이라 날씨가 차가웠건만 얼굴이며 목 줄기로 비지땀이 흐르고 있었다.

"일단 방으로 드시지요."

그 모습을 살핀 숙덕이 강 씨의 팔을 잡아끌어 방으로 안내하며 소끔에게 냉수를 들이라 지시했다.

"지금 그럴 여유 없네. 일이, 지금 큰일이 벌어졌어!"

"일이라니요!"

강 씨가 숙덕의 움직임을 제지하며 다시 다급하게 말을 이었다. 강 씨의 행동에 숙덕 역시 긴장한 표정을 지으며 자리에 멈추어 섰다.

"정몽주가 네 시아버지를 죽이려 하고 있어!"

"네, 정몽주가요!"

"그러니 빨리 아범을 불러오게."

"애들 아버지는 지금 여묘살이 중인데요. 그런데 큰일이라니요!"

"여묘살이, 그렇지."

강 씨가 방원이 여묘살이 하고 있다는 사실을 실기한 듯 그를 되뇌며 깊게 한숨을 내쉬었다. 바로 그 순간 숙덕이 소끔이 가져온 냉수를 강 씨에게 건네자 강 씨가 허겁지겁 냉수를 들이켰다.

"지금 한시가 급하네."

냉수를 들이켠 강 씨가 다시 가볍게 한숨을 내쉬며 간략하게 설명을 이었다.

이성계가 명나라에 갔다가 돌아오는 공양왕의 아들로 세자인 왕석(王奭)을 마중하러 나가 황주(해주)에서 사냥하다 말에서 떨어져 심각한 부상을 입고 벽란도(예성강에 위치)에 드러눕게 되었다. 이를 접한 정몽주, 김진양, 이숭인 등이 대간을 시켜 정도전, 조준, 남재, 남은, 윤소종, 조박 등을 탄핵

하여 수원의 순군부에 하옥시키고 이성계를 향해 칼끝을 겨누고 있다.

"정몽주가 무슨 원한으로 그리 모질게 나오는지요?"
"네 시아버지의 속내를 읽은 거지. 고려를 멸하고 새로운 왕조를 열려는 그 의도 말이야."
"그렇다면 공양왕은…."
"그놈이 묵인하고 있으니, 그놈의 사주가 있었으니 기껏 신하 주제에 그렇게 기승을 부리는 게 아니겠니."
강 씨가 숙덕의 말을 가로채고 잔뜩 힘을 주어 이야기하며 가볍게 이빨을 갈았다.
"그렇다면 지금 이럴 일이 아니라 저와 함께 아범을 만나러 가시지요."
숙덕이 말과 동시에 주위에 머물던 하인들에게 급히 길 나설 차비를 갖추라 지시했다. 아울러 소끔에게 무구와 무질을 찾아 되도록 많은 사람들을 데리고 급히 뒤를 따르라 지시하고 이어 강 씨의 팔을 잡아 끌어 앞으로 나섰다.
"향후 행보는 어찌하실 작정이신가요?"
"가장 시급한 일은 네 시아버지의 안위 아니냐. 먼저 네 시아버지를 이곳으로 모시고 그후에 정몽주 일당을 주살하고…."

숙덕이 재촉하지 않고 강 씨의 입을 주시했다.

"이번참에 새로운 왕조를 열어야 할 일이야. 어차피 공양왕도 그러한 사실을 알고 있는 마당에 더 이상 시간 끌 수는 없지."

"집사는 시어머니의 묘소로 길을 잡도록 하여라!"

강 씨의 말을 곱씹으며 앞서가고 있는 하인에게 지시했다. 이어 걸음을 재촉하여 길을 가는 중에 일전에 동북면에 기거하고 있던 시어머니를 찾아갔던 일이 은연중 떠올랐다.

이방원의 인솔로 강 씨와 두 이복동생과 함께 고향 영흥으로 돌아갔던 시어머니는 그곳에 눌러 앉으셨다. 외형상으로는 건강을 이유로 들었지만 고향을 떠난 낯선 곳에서의 삶이 마음에 들어올 턱이 없었고 또한 후처와 가까이 생활하는 그 분위기가 내색할 수는 없지만 달가울 리는 없을 터였다.

이런저런 이유로 시어머니는 그곳에 머물며 생의 막바지를 이어가고 있었다. 그리고 어느 순간, 숙덕이 임신하여 배가 한창 불러오는 시점에 영흥으로부터 시어머니의 병세에 대한 이야기가 흘러나오기 시작했다.

방원이 조심스럽게 전한 이야기를 들으면 고향을 떠나서 타지에서 머물렀던 부분이 한몫하고 있다는 감이 일어났다. 그를 들으며 결국 이성계의 배려가 시어머니에게는 독이 될 수도 있었다는 감을 받았다.

 물설고 낯설은 타향에서의 삶에 더하여 내심 본인이 원치 않았던 후처와 지근거리에서 삶을 이어간다는 부분이 심리적으로 상당한 부담이 되었을 터고 결국 그게 병으로 자리한 게 아니냐는 조심스런 추측까지 일어났다.

 산달을 얼마 남기지 않은 시점에 숙덕이 일대 용단을 내린다. 이 세상에서 더 이상 마주하지 못할 것이란 직감에 마지막으로 시어머니를 뵈어야겠다는 결정을 내리고 길을 나서기로 작정한다.

 방원의 거센 만류에도 불구하고 숙덕이 그를 고집한 데는 나름 이유가 있었다. 경정이 첫돌이 지나고 얼마 지나지 않아 다시 임신했고, 그 아이가 아들이라는 확신으로 아들을 낳으면 반드시 시어머니께 보이러 가려고 작정했었다.

 일전에 시어머니께서 간곡히 당부했던 일로 인해서다. 시어머니께서는 숙덕에게 반드시 아들을 낳을 것을 주문했었다. 앞으로 전개되는 세상은 고려의 방식과는 다르게 즉 남자들만의 세상이 전개될 터이고 여자는 그저 남자를 이용해서 권위를 찾는 그런 세상이 될 것이란 이야기 때문이었다.

시어머니의 말을 듣고 시아버지 이성계가 만들고자 하는 세상을 그려보았다. 굳이 시어머니의 설명을 떠나서라도 이성계는 고려와 정반대의 세상을 만들어갈 터였다. 이른바 새 술은 새 부대에 담는다는, 고려와의 차별성을 강조할 게 빤했다.

그런 이유로 이성계는 고려 사회를 지배했던 불교를 구시대의 유물로 단정하고 새로이 고개를 드는 신흥 사대부들을 이용하여 명나라에서 유행하기 시작한 유교의 한 부류인 성리학을 새로운 나라의 경영 이념으로 선택할 것이 자명했다.

그런 시아버지의 입장과 자신을 생각해보았다. 자신이 살아온 방식과 정반대의 현상이 발생하고 지금과는 달리 여자로서의 자신의 운명은 극한의 장벽에 부닥치게 될 게 빤했다. 그런 경우라면 자신은 어떻게 처신해야 옳을 것인가.

결국 거역할 수 없는 시대의 흐름이라는 판단을 하게 되고 그 흐름에 자신을 내맡기기로 작정한다. 그 일, 아들에 대한 갈망은 다행스럽게도 숙덕의 희망만은 아니었다. 방원이 오히려 더욱 적극적이었다. 방원은 딸 아들에 대한 생각보다 숙덕을 취하고픈 열망이 앞설지 모를 정도로 집착했다.

그리고 그 결실을 간절히 기다리는 중에 조그마한 시련이 찾아들었다. 한창 임신하고 있는 중에 몸에서 이상징후가 발견되기 시작했다. 전보다 소변이 적게 나오면서 심지어 통증까지 유발하고 있었다.

그에 즈음하자 친정어머니에게 그 사실을 털어놓고 어머니 역시 용하다는 의원을 찾아 숙덕을 면밀하게 진찰한 결과 자림(子淋)으로 일명 자만(子滿)의 현상을 보이고 있다 했다. 말인즉 방광에 열이 쌓여 태기가 막히고 있다는 이야기였다.

결국 그 일로 인해 숙덕은 아이를 유산하게 되는데 죽은 상태로 세상에 나온 아기는 아들이었다. 숙덕이 한동안 슬픔에서 헤어나오지 못하고 있었다. 그러나 자신의 부인을 끔찍이도 아끼는 방원의 노력으로 숙덕이 정상 상태로 되돌아올 수 있었다.

그리고 얼마 후 반가운 소식이 찾아들었다. 그런데 호사다마라고 영흥으로부터 어머니의 병세가 악화되고 있다는 소식이 전해졌다. 이미 시어머니는 숙덕 유산한 사실을 알고 있고 그에 대해 상당히 걱정하고 있다는 소식 역시 전해졌다.

그런 이유로 어떻게든 시어머니에게 아들을 보이겠다는

일념으로 동북행을 선택했다. 오직 그 생각만으로 방문했지만 공교롭게도 시어머니를 만나는 그 순간에 다시 유산하기에 이른다. 그리고 그 죽은 아기, 아들을 눈에 담은 채 시어머니는 세상을 하직했다.

당시 숙덕은 모진 고통 속에서 방원과 굳게 약조했다. 시어머니의 고통이 다시는 발생하지 않도록 하겠다고. 방원의 경우 여하한 일이 발생하더라도 후처는 두지 않고 두 사람이 죽을 때까지 하나로 마감하겠다고.

그리 오래지 않아 성 남쪽인 해풍군 치속촌에 있는 시어머니의 무덤에 도착했다. 방원이 무덤 앞에서 막 저녁 제사를 지내는 중에 강 씨와 숙덕의 출현에 동작을 멈추고 의아한 표정을 지으며 다가섰다.

"작은어머니께서 어인 일로…."

"지금 이럴 시간이 없네."

방원이 입을 열기 무섭게 강 씨가 말을 잘랐다. 방원이 어리둥절한 표정을 지으며 숙덕을 바라보았다.

"지금 시아버지 목숨이 경각에 처해 있다고 합니다."

숙덕이 짤막하게 언급하자 강 씨가 저간의 사정을 설명했다. 이야기를 듣는 방원의 얼굴에 독기가 오르고 있었다. 또한 순간순간 이빨을 소리나도록 갈아댔다. 이어 본능에 따라 방원의 몸이 저절로 움직이기 시작했다.

전광석화처럼 움직인 방원이 어머니께 하직 인사를 드릴 무렵 동생인 무구와 무질 일행이 도착했다.

"너희들은 매형의 지시에 따라 한 치의 오차도 없이 움직여야 할 일이야."

영문도 모른 채 그저 누나의 명에 의해 도착한 무구 형제와 일행이 방원에게 시선을 주었다.

"내 정몽주 이놈을 찢어 죽이고 말 테다!"

"아니다. 정몽주보다 네 아버지의 안위가 더 급하니 먼저 해주로 달려가서 아버지를 빨리 집으로 모시고 정몽주는 그 연후에 처리해야 할 일이야."

방원이 분기탱천하자 강 씨가 주의를 환기시켰다.

"서방님, 그리하세요. 그리고 이후에 정몽주는 반드시 서방님이 직접 처리하세요. 공양왕은 시아버지께 맡기시고요."

담판

*
*
*   "정몽주가 왔다고요!"

방원이 이성계를 집으로 모시고 숙덕과 함께 강 씨를 도와 아버지의 병을 간호하기 위해 이성계의 집에 머물고 있었다. 강 씨에게 자리를 양보하고 별채에 들어 쉬고 있는 중에 마침 문병차 방문하여 이성계 곁에 머물던 조영규로부터 정몽주가 찾아왔다는 기별을 받았다.

"그 이유가 무엇이라 합니까?"

방원이 자리에서 벌떡 일어나 곁에 세워둔 칼을 들고 밖으로 뛰쳐나가려는 중에 숙덕이 방원의 소매를 잡아 자리에 앉히고 차분하게 말을 받았다.

"대감 마님의 병문안 왔다고 하데."

"병문안, 이놈이 아버지의 병세가 어떤지 살피려고 온 게지!"

"이럴수록 차분히 움직여야지요."

조영규의 대답에 자리에 앉았던 방원이 다시 자리에서 일어나려 움직이자 숙덕이 다시 주저앉혔다.

"부인, 그러면 어떻게 하오리까?"

"자고로 조문하러 온 사람은 여하한 경우라도 해하지 않는다는 말이 있습니다."

"저놈은 조문하러 온 게 아니지 않소. 아버지 병세를 살피고 다음 수순을 준비하러 온 놈 아니오. 그런데 저런 놈을 그냥 두란 말이오?"

"제가 살피기에는 아버님 조문 온 듯 보이는데요."

방원이 잠시 숙덕의 말을 헤아리듯 침묵을 지켰다.

"그러니까 부인은 저놈이 필시 아버지께서 돌아가셨으려니 생각하고 그를 확인하기 위해 방문한 것으로 보인다 이 말입니다."

"그러니 잠깐 참으시지요. 제가 곧바로 주안상을 보아 드릴 테니 정몽주가 온 이유가 무엇인지, 아울러 그 작당들의 진정한 의도가 무엇인지, 왕의 의도 역시 무엇인지 세심하게 헤아려보시지요."

"부인이 내 사부요, 사부."

방원이 멋쩍은 표정을 짓고는 헛기침 한번 하고 조영규를 바라보았다.

"그러세, 저놈 죽이는 일이야 파리 목숨 취하는 일보다 쉬우니 마지막으로 기회 한 번 준다 생각하고 부인 말에 따라 움직이게."

이성계의 사병 출신으로 그림자처럼 이성계를 호위하고 있는 조영규가 얼굴에 잔뜩 힘을 주었다. 방원이 영규의 결연한 표정을 읽으며 천천히 자리에서 일어났다. 그를 살핀 숙덕 역시 방원에 행동에 보조를 맞추었다.

방원과 영규가 이성계가 누워 있는 안채로 걸음을 옮기자 숙덕이 하녀들과 바쁘게 움직였다. 얼추 준비가 마무리되자 숙덕이 직접 움직였다. 이성계가 누워 있는 안채, 강 씨의 방에 들어서자 이성계가 언제 그런 일이 있었냐는 듯 꼿꼿한 모습을 유지하며 정몽주와 담소를 나누고 있었다. 숙덕이 이성계의 의도, 무리해서라도 정몽주에게 자신의 건재함을 알리려는 속내를 알아채고 방원과 정몽주를 별채로 안내했다.

"한창 바쁘실 터인데 이렇게 찾아주셔서 감사드립니다."

세 사람이 자리하자 숙덕이 공손하게 말을 건넸다.

"우리 고려의 명운이 이 대감께 달려 있는데 고려의 녹을 먹고 있는 제가 어찌 모른 체할 수 있겠습니까."

몽주가 '고려의 녹'이라는 대목에 은근히 힘을 주었다. 고려의 권문세족 출신인 숙덕에게 동병상련의 감을 느끼기를 바라는 마음에서 그리했다는 사실을 간파한 숙덕이 방원을 바라보며 눈짓을 주고 천천히 자리를 물렸다.

"어려운 걸음 해주셔서 몸 둘 바를 모르겠습니다. 그런 의미에서 한잔 올리겠습니다."

"이색 스승님으로부터 지난번 명나라에 갔을 당시 방원 군이 명나라 고황제의 두터운 신임을 얻었다는 말씀을 전해들었네. 늦었지만 축하하네. 나 역시 그런 의미에서 한잔 따름세."

방원이 술병을 들자 몽주가 서슴없이 잔을 들었고 이어 몽주가 그 병을 받아 방원의 잔을 채웠다.

"다 이 대감께서 보살펴주신 덕분입니다."

"목은 스승께서 방원 군을 각별히 생각하시고 있다고 하던데."

말과 동시에 몽주가 잔을 비우자는 무언의 행동을 취했다.

"그저 감사할 따름입니다."

몽주에 이어 방원 역시 잔을 비워냈다.

"대감께서는 요동 정벌을 어찌 생각하시는지 여쭈어보아도 되겠습니까?"

방원이 요동 정벌 당시 정몽주가 명나라와의 전쟁보다는 평화적으로 해결해야 한다는 아버지 이성계의 견해에 대해 적극적으로 지지했던 일을 떠올리며 입을 열었다.

"방원 군도 잘 알겠지만 그 문제에 대해서는 이 대감과 전적으로 의견을 함께하고 있네. 그뿐만 아니라 명나라와 고려의 관계 역시 방원 군의 아버지의 뜻에 동조하고 있네."

"저 역시 대감께서 새로운 국제정세의 변화에 아버지와 동조하고 있는 부분에 대해 잘 알고 있습니다. 그런 경우라면 이후의 일도…."

방원이 말을 멈추고 다시 몽주의 잔에 술을 따랐다.

"이른바 제도와 사람의 문제일세. 방원 군은 제도가 잘못된 경우 인간이 어찌 처신해야 옳다 생각하는가?"

"경우에 따라 다르다 생각합니다. 어느 한 부분으로 개혁이 가능하다면 그런 방식으로 일처리해도 좋겠으나, 사정이 여의치 않다면 차제에 새롭게 시작함이 옳다 보고 있습니다."

방원의 이야기를 들으며 몽주 역시 방원의 잔을 채웠다.

"방원 군은 지금 고려의 실정을 어떻게 바라보고 있는가?"

"고려의 실정을 살피면 안팎으로 곪아 터진 형국이라 보고 있습니다. 그래서 그를 고치기보다는 그 몸통 자체를 과감하게 도려내야 하리라 보고 있습니다."

"몸통 자체를 도려내야 한다…."

몽주가 잔을 비우며 길게 여운을 남겼다.

"제 생각이 짧았는지요."

"방원 군의 생각이 짧은지는 차치하고. 사안을 바라보는 시각이 나와 차이를 보이고 있다 간주하는 편이 옳지 않겠는가."

"어떻게 바라보아야 하는지요?"

"이른바 몸통 자체를 도려내야 한다는 대목일세."

몽주가 말을 멈추고 방원에게 잔 비울 것을 종용했다. 방원이 몽주의 눈빛을 살피며 천천히 잔을 비워냈다. 방원이 비운 잔을 몽주가 자신의 앞으로 가져오고 두 개의 잔에 술을 따라 하나는 방원에게 건넸다.

"방원 군, 아마도 오늘 이 만남이 훗날 우리 후손들에게 전해질 듯한데 우리 서로의 속내를 글로 풀어봄이 어떠한가."

"마다하지 않겠습니다."

방원이 대답과 동시에 방 한편에 있던 필기도구와 종이를 가져왔다.

"방원 군이 먼저 붓을 들게."

말과 동시에 몽주가 방원에게 술 들 것을 종용했다. 방원이 음미하듯 천천히 술잔을 비워내고 붓을 들었다.

『此亦何如. 彼亦何如 (차역하여. 피역하여)

『城隍堂後垣, 頹落亦何如 (성황당후원. 퇴락역하여)

我輩若此爲, 不死亦何如 (아배약차위. 불사역하여)』

몽주가 방원이 쓴 글을 보며 가만히 읊조렸다.

"이런들 어떠하리. 저런들 어떠하리.

성황당 뒷담이 다 무너진들 어떠하리.

우리도 이같이 하여 아니 죽으면 또 어떠리."

방원의 글을 읽는 몽주의 표정이 서서히 굳어갔다. 잠시 후 몽주가 붓을 들어 하얀 종이에 붓을 휘갈기기 시작했다.

『此身死復死, 百死又千死 (차신사부사. 백사우천사)

白骨爲塵土, 魂魄復何有 (백골위진토. 혼백부하유)

向君一片丹心, 到此猶未已 (향군일편단심. 도차유미이)』

이번에는 방원이 몽주가 쓴 글을 소리나게 읽어내려갔다.

"이 몸이 죽고 또 죽어, 일백 번 죽고 다시 천 번 죽어,

백골이 진토가 되어, 혼과 넋이 있든 없든,

임을 향한 일편단심이야, 아직도 그칠 줄이 없어라."

"역시 대감은 고려 만고의 충신이십니다."

"충신이라…. 방원 군 그거 아는가?"

"무엇을 말이옵니까?"

"내 나이 이제 쉰넷이네. 이 나이 되면 변하는 게 그리 쉬운 일은 아니라네."

방원이 순간 돌아가신 어머니 한 씨를 회고했다. 어머니께서 쓸쓸하게 죽음을 맞이한 그 사연 중에 바로 그런 대목이 숨어 있음을 알고 있었다. 그 말을 듣자 은근히 방원의 눈가에 이슬이 어렸다.

"대감의 진정 충분히 이해합니다. 아울러 온 마음 바쳐 존경합니다."

"정녕 그리 생각해준다면 내 방원 군에게 부탁 하나 해도 되겠나?"

방원의 진정을 헤아린 몽주가 은근하게 입을 열었다.

"당연합니다. 분부 주십시오."

"내 목숨을 취하려거든 방원 군이 직접 해주게나."

"왜 제가 대감의 목숨을 취할 것이라 생각하십니까?"

방원이 자신의 속내를 들킨 듯 어깨를 움찔거렸다.

"방원 군이 잘 생각해보게. 현 상황을 살피면 이성계 대감과 나는 한 하늘에 함께 존재할 수 없고. 결국 이 대감이 나의 목숨을 취해야 할 일이네."

"전혀 재고의 여지가 없다는 말씀으로 들립니다만. 그런데 왜 굳이 제게…."

몽주가 자신의 앞에 놓인 빈 잔에 술을 채워 방원을 바라보며 천천히 잔을 기울였다.

"내 명예에 관한 일이네. 상대의 수장은 수장만이 목숨을 취할 수 있는 일이라네."

숙부 민개의 항변

숙부 민개의 항변

*
*
*
　　　숙덕의 주문 그리고 정몽주의 부탁에도 불구하고 방원은 병문안을 마치고 길을 나선 정몽주를 조영규를 사주하여 선지교(후일 선죽교로 이름이 바뀜)에서 철퇴로 살해하고 곧바로 수원 순군부에 하옥되었던 정도전과 조준 등을 석방시키고 아버지 이성계로 왕권 이양을 서두른다.

결국 공양왕은 외압에 밀려 이성계에게 왕권을 물려주고 원주로 떠나면서 외형상 평화적인 방식으로 왕권이 이양된다. 그런데 바로 그날 왕권을 이양하는 과정에서 한 사건이 발생했다.

즉위식에 모여든 모든 신하들이 이성계가 왕위에 오른 일에 대해 적극적으로 찬사를 보내는 중에 숙덕의 숙부 즉 민제의 막냇동생으로 대사헌의 직책을 맡고 있던 민개(閔開)가 불만스러운 표정으로 일관하였다.

이와 관련하여 이성계 왕위 획득에 주도적으로 참여했던 남은이 현장에서 민개를 죽이고자 했으나 방원의 제지로 위기를 모면한다. 그 일로 그날 밤 방원이 거나하게 술이 취한 상태로 귀가했다.

"부인, 이제야 십 년 묵은 체증이 뚫리는 듯한 느낌 일어납니다."

방원이 방에 들어서자마자 자리에 앉지도 않고 숙덕의 두 손을 꼭 잡고 이어 손을 상체로 움직이기 시작했다.

"축하드리고, 일단 자리하시지요."

숙덕이 방원의 행동을 제지하고 자리에 앉혔다. 잠시 멈칫했던 방원이 숙덕의 차분한 말투에 천천히 자리 잡았다.

"오늘 혹시 특이한 점이 없었습니까?"

방원이 자리하자 이번에는 숙덕이 방원의 손을 잡았다.

"특이한 일이라, 그러면 숙부께서 일부러…. 아니, 부인이…."

숙덕이 그저 빙그레 웃고 말았다.

"남은 대감이 그 자리에서 죽이자고 했었는데, 내가 혹시나 하는 생각으로…."

"혹시나라니요?"

"뭔가 내가 모르는 일이 있는 게 아닌가 하는…."

"서방님도 숙부를 잘 알지 않습니까?"

숙덕이 방원을 잡은 손에 살짝 힘을 주었다.

"그렇지요. 숙부께서는 과묵하기로 정평나 있고 또한 모나는 행동을 절대 하시지 않는 분이신데, 그런 일이 있으니 내가 속으로 긴가민가했었다오. 그래서 혹시나 하는 마음에 남은의 제안을 일언지하에 거절했고. 그런데 왜 숙부께서…."

"서방님이나 지금 시아버님 측근들의 일처리가 마뜩지 않으니 그러신 게지요."

방원이 그 이유가 무엇인지 말해달라는 듯 눈을 깜박였다.

"제가 일전에 서방님께 간곡하게 주문한 일 있지 않습니까. 정몽주 대감 처리 문제와 관련해서요."

"그런 일이 있었지요. 내가 직접 처리해야 한다고. 그런데 그 문제가 숙부와 무슨….”

"숙부와의 문제가 아니지요. 서방님도 그러하지만 주변 측근들이 바로 시아버지의 의중을 헤아리지 못하고 자의로 일처리를 하니까 그리 하신 거지요. 서방님께서 시아버지 입장에서 그 문제를 한번 생각해보세요."

방원이 잠시 정몽주와의 일을 회고해 보았다. 정몽주를 제거하고 아버지에게 그 사실을 알렸을 때 이성계의 진노가 흡사 하늘을 찌를 듯했었다. 방원이 태어나서 처음 당해볼 정도로 도가 극에 달했었다.

결국 아버지의 분노를 잠재우기 위해 작은어머니 강 씨에게 도움을 요청했다. 아버지의 분노에 밀려 작은어머니가 소극적으로 중재에 나섰지만 그녀의 도움 역시 이성계의 분노를 누그러트리기에는 역부족이었다.

"부인의 생각은 어떻소?"

"이미 말씀드리지 않았습니까?"

"내가 직접 처리해야 했다는 그 말 말인지요."

"역지사지라는 옛말이 있지 않습니까."

방원이 역지사지를 되뇌며 잠시 생각에 잠겨들었다. 아버지 이성계의 입장에서 동 장면을 그려보았다.

이성계는 일찍이 위화도에서 회군하여 우왕을 폐하고 창왕을 세웠었다. 또한 창왕 역시 폐하고 공양왕을 보위에 올렸었다. 이 대목 유심히 살펴본다. 이성계는 왕 개인에 초점을 맞춘 듯 보이나 그가 진정 원하는 바는 고려란 나라를 대신해 새로운 나라를 세우고자 했던 게다.

그런 이성계로서는 껍데기인 왕 씨들의 왕이 중요한 게 아니라 정녕 고려를 대표할 수 있는 정몽주의 조력이 절실히 필요했고 어떻게든 그와 함께 새로운 왕조를 열려고 했었던 게다. 즉 이성계는 타락한 왕이 아닌 고려의 정신적 지주의 지지를 받아 보위에 오른 왕으로 기록되어야 될 터였다.

그런데 25세 나이에 한창 혈기왕성한 방원이 아버지 이성계의 의도를 모르고 조영규를 시켜 정몽주를 살해했다. 이 대목에 이르자 숙덕의 말 나아가 정몽주의 부탁에 대해 차근히 생각해보았다.

정몽주를 본인이 직접 죽이지 않고 다른 사람을 시켜 살해한 대목이었다. 정몽주에 대한 회유가 불가능할 경우 물론 제거해야 했다. 그런데 그런 경우라면 일의 정당성을 위해서라도 이성계 본인이 직접 죽여야 했다.

그런데 이성계 본인이 아닌 또 그의 아들인 방원이 아닌 사람이 정몽주를 이성계 대신해서 죽인 꼴이 되었다. 그런 경우 후세 사람들이 그를 어떻게 받아들일까. 혹자는 발전이란 대의가 아닌 사심에서 비롯되었다고 판단할 수도 있는 문제였다.

생각이 이에 이르자 방원이 길게 한숨을 내쉬었다. 그 한숨에 술기운이 진하게 배어나오고 있었다.

"부인, 내 생각이 짧았소. 여하튼 그건 그렇고 오늘 숙부께서 보인 행태의 숨겨진 의도는 무엇이오?"

"서방님, 제게 묻기보다는 서방님 스스로 그 답을 찾는 일이 훗날을 위해 이롭지 않을까요?"

"나 스스로 말이오?"

숙덕이 대답하지 않고 그저 미소만 보냈다. 그를 살피며 방원이 생각에 잠겨들었다. 잠시 후 방원이 이맛살을 찌푸렸다.

"답을 찾으셨나요?"

"그게 아니라, 술기운 때문인지 도저히 답을 찾을 수 없군요."

"발본색원의 문제 아닐까요?"

숙덕이 안타까운 표정을 지으며 언급하자 방원이 발본색원을 되뇌었다.

"뿌리를 뽑아…."

방원이 말하다 말고 자신의 정강이를 세게 내리쳤다.

"이제 상황 파악이 되었는가요?"

"그 중요한 걸 실기하고 있었다니. 나도 참."

방원이 한숨을 내쉬는 모습을 바라보며 숙덕이 어제 저녁 민개 숙부와 함께했던 일을 떠올렸다.

"조카가 마음 고생이 심하겠구나."

"아범이 외형은 선비 같으나 속은 그 피를 이어받은 듯해요."

물론 그 피란 이성계를 지칭했다.

"이성계를 닮았으면 일처리를 이리 안 하지."

숙덕의 말에 민개가 슬그머니 혀를 찼다.

"그 정도도 안 되는가요?"

"그 정도가 뭐란 말이냐. 이성계는 외형상으로는 철저한 무인으로 보이지만 그 속은 능구렁이가 열 마리는 들어 있는 사람이야. 그런데 이 서방은 그저 나대기만 하는 철부지로 보인다 이 말이다."

"물론 그런 측면이 있지만 그게 그렇게 치명적인 약점이 되는가요?"

"혼자라면 그냥 그러려니 하는데 강 씨를, 아니지 이제 공식적으로 왕비가 될 사람인데 여하튼 그녀를 염두에 두어야지."

강 씨란 소리에 숙덕의 얼굴에 긴장감이 들어차기 시작했다.

"시아버지께서 건재하고 있는 동안에는 별도리 없는 게 아닌가요?"

"그야 당연한 일이지. 그런 차원에서 더 이상의 실수는 하지 말아야 한다는 의미란다."

"구체적으로 무얼 말씀하시는가요?"

"내일이면 이성계가 공식적으로 이 나라의 왕위에 오를 거야. 그런데 지금 상황이 어떠하냐?"

숙덕이 질문에 대한 답을 구한다는 듯이 민개를 주시했다.

"주변을 둘러보거라. 왕 씨들 천국 아니냐?"

순간 숙덕의 눈이 동그랗게 변해갔다.

"그러면 왕족들 모두….'

"보위에 오르는 순간에 피를 보면 결코 좋을 일은 아니지. 그래서 일을 제대로 처리하지 못한다는 이야기인데. 진즉에 그리해야 할 일이었어."

숙덕이 가만히 고개를 끄덕였다.

"이제라도 빨리 왕 씨들 모두 송도에서 내쫓아 외방에 분산토록 해야 할 일이야. 이제는 왕 씨들의 세상이 아니라 이성계의 세상임을 또한 그들로 하여금 단순히 왕이 바뀐 게 아니라 왕조가 바뀌었음을 만천하에 고하도록 해야지."

"숙부께서 간곡히 당부하셨어요. 하루빨리 송도에 거주하는 왕 씨들 외방으로 분산시키라고요."

숙덕이 힘주어 이야기하자 방원이 아차 하는 표정을 지었다.

"그런 깊은 뜻이 있는 줄 내 몰랐소. 그런데 부인도 그러하지만 숙부께서도 어찌 권력에 그리 밝은 거요?"

"밝은 게 아니라 권력 주변에 오래 있다 보니 그 생리를 훤히 꿰뚫고 있는 게지요. 그런 차원에서 숙부께서 이른 시일에 국정 운영에 관한 상소를 올리실 것이라 하였습니다. 그런 경우 서방님이 적극 나서주셔야 할 일입니다."

"그야 당연한 일 아니오. 내가 지극정성을 다하여 보필하오리다."

"그리고 숙부께서 올린 상소 내용은 서방님도 유념하여야 합니다."

"어느 분 명이라고 내 그를 무시하겠소. 내 반드시 뼛속 깊이 새기리다."

방원이 익살스런 표정을 지으며 숙덕의 상반신을 천천히 뒤로 눕히고 그 위에 자리하기 시작했다.

기지개

기지개

*
*
*   이성계가 새로운 왕조를 열고 그 기반을 다지기 위해 고군분투하는 과정에 숙덕은 임신과 유산의 과정을 다시 겪는다. 이와 맞물려 이성계는 보위에 오르자마자 자신의 서자로 막내인 이방석을 왕세자로 삼았다.

적자들을 제치고 열 살에 불과한 서자를 왕세자에 임명한 일은 물론 이성계가 왕위에 오르자 현비의 직에 오른 작은어머니 강 씨의 입김이 강하게 작용한 탓이었다. 그만큼 강 씨는 이성계에게 아내로서 또한 정치적 동반자로서 입지를 공고히 하고 있다는 반증으로 풀이되었다.

그러나 엄밀하게 살피면 강 씨의 의중이 정확하게 반영된 건 아니었다. 강 씨는 애초에 자신의 큰아들인 방번에게 왕세자의 직위를 주려 했으나 정도전을 위시한 신하들의 반대에 무릎을 꿇게 된다.

신료들은 방번이 광망하고 경솔하며 볼품이 없다는 이유를 들어 그의 세자 책봉을 반대했다. 그러나 방석 역시 도긴

개긴이었다. 방번이 왕세자 자리에 오르지 못한 실질적인 이유는 방번의 아내에게 있었다. 방번의 아내는 공양왕의 동생인 왕우의 딸이었던 탓이었다.

숙덕으로서는 눈 뜬 상태에서 코 베어가는 형국을 그저 일시적으로 관망의 자세로 일관하고 지극정성을 들여 아이 낳기를 염원한다. 지성이면 감천이라고 유산을 거듭하던 숙덕이 셋째 딸 경안을 낳고 곧바로 이듬해에 기다리고 기다리던 아들 이제(후일 양녕대군)를 낳았다.

이 무렵 조선에서는 일대 중요한 사건이 일어났다. 이성계가 정도전의 건의를 받아들여 수도를 송도에서 한양으로 정하고 천도를 강행했다. 조선의 수도 이전에 맞추어 첫아들 제가 태어나자 숙덕이 서서히 기지개를 켜기 시작했다.

이성계가 보위에 올라 방원이 왕자의 직위에 오른 시기에 맞추어 친정에서 분가했었는데, 태어난 아들 이제를 친정어머니에게 맡기고 새롭게 욕심을 불태우게 된다. 아니, 훗날 자신의 아들 이제를 왕세자의 자리에 앉혀야겠다는 욕심이 일어나고 있었다.

"부인, 그동안 정말로 고생 많았소."

"고생이라니요. 말은 안 하고 있었지만 서방님의 마음고생에 비하면 단지 조족지혈에 불과할 따름이지요."

친정에 맡겨둔 아들 이제를 보고 집으로 돌아와 방원이 숙덕을 바라보며 안쓰러운 표정을 짓자 숙덕이 오히려 방원에게 송구스럽다는 표정으로 응했다.

"천지신명이 우리를 도운 게지요."

방원이 만면에 미소를 머금으며 표정을 바꾸고 숙덕의 손을 잡았다.

"왜요, 또 천지신명의 도움을 받고 싶으세요?"

"안될 것도 없지요."

숙덕이 방금 전 보고 온 아들의 모습을 떠올렸다. 방원과 가례를 올린 지 11년 만에 낳은 아들이었다. 해맑게 웃는 건강한 사내 아기의 얼굴을 떠올리자 그동안의 악몽에서 벗어난 듯한 느낌이 일어났다. 또한 앞으로는 지속해서 건강한 아들을 출산할 것 같다는 느낌 역시 일어났다.

그 생각에 이르자 숙덕이 서두르기 시작했다.

"부인의 생각도 내 생각과 같은 모양이오?"

"그러면 서방님도…."

숙덕이 마치 새로 태어난 아기처럼 해맑은 미소를 머금자 방원의 손놀림이 더하여 몸이 신속하게 움직였다. 방원의 움직임이 무색할 정도로 숙덕이 자신의 욕구를 분출하기 시작했다. 그 순간 세상은 존재하지 않았다.

이어 짧지 않은 시간이 흐르자 어느 순간 새로운 사내 아기가 숙덕의 몸 속에 건강하게 자리잡았을 것이란 판단이 드는 시점이 몰려들었다. 숙덕이 만족한 표정을 지으며 방원을 그윽한 표정으로 바라보았다.

"부인, 느낌이 옵니까?"

잠시 전까지는 느끼지 못했는데 방원의 입에서 서서히 술기운이 흘러나오고 있었다.

"방금 일어난 생각인데 한번 들어볼래요."

숙덕이 슬그머니 고개 돌려 술기운을 외면하며 콧소리를 섞어 언급하자 방원이 그에 아랑곳하지 않고 정면으로 숙덕의 몸을 팔로 휘감았다.

"그동안 세 번에 걸친 유산을 경험하면서 강 씨에게도 유산의 고통을 주어야겠다는 생각이 들었어요."

숙덕이 살짝 얼굴을 돌리며 말을 이었다.

"유산의 고통이라니요!"

"말 그대로지요. 강 씨로 하여금 아들 방석이 보위에 오르는 모습을 보지 못하게 만들어야 할 일입니다."

"그런데 방법이 있소?"

숙덕의 이야기를 잠시 헤아리던 방원이 은근한 표정을 지었다.

"들리는 바에 의하면 큰아들 방번으로 인해 강 씨의 속이 썩어 문드러지고 있다고, 자신을 제치고 동생을 세자로 세운 일에 대해 반항으로 일관하고 있다 합니다."

"나도 어렴풋이 그 이야기는 들어 알고 있소만."

"바로 거기에 초점을 맞추잔 이야기지요. 시아버지께 시어머니에 대한 부적절한 처우에 대해 시정을 요구하고 방번을 부추겨서 강 씨를 공략하여 그녀를 사면초가에 가두어버리심이 어떠할지요."

이성계가 보위에 오르자 강 씨를 정식 왕비로 맞이하면서 현비란 칭호를 부여한 반면 시어머니 한 씨에게는 체면치레상 절비란 칭호를 부여했다. 또한 방번은 어머니 강 씨의 강력한 권고로 왕우의 딸과 가례를 올렸는데 그 이유로 왕세자 자리를 박탈당했다.

"역시 부인이오!"

방원이 회심의 미소를 지으며 숙덕의 몸에서 떨어져 자리에서 상반신을 세우자 숙덕 역시 상반신을 세우고 웃옷을 걸쳤다.

"그런 의미에서 제게도 술 한잔 따르심이 어떠할지요."

순간 방원의 시선에 방 한편에 마련해놓은 조촐한 주안상이 시선에 들어왔다.

"아니, 어떻게…."

"아까 집을 나서면서 소곰에게 준비하라 일러두었지요."

"역시…. 내가 한 잔이 아니라 한 병이라도 기꺼이 부인께 올리겠소."

방원이 말과 동시에 자리에서 일어나 상을 곁으로 가져왔다. 옷도 걸치지 않은 상태서 방원이 정성스럽게 잔을 채워 숙덕에게 건넸다. 숙덕이 그 모습을 싫지 않은 듯한 표정을 지으며 바라보고 있었다.

"부인, 어서 잔을 비우고 내게도 성은을 베풀어주셔야지요."

말을 마친 방원이 손으로 안주를 집어들어 숙덕의 입 가까이 가져갔다. 그 의미를 간파한 숙덕이 천천히 잔을 비우고 방원에게 빈 잔을 건넸다. 방원이 손에 들린 안주를 숙덕의 입으로 건네고 태곳적부터 기다리고 있었다는 듯이 빈 잔을 들었다.

"서방님, 고마워요."

방원의 잔을 채운 숙덕이 은은한 눈빛으로 방원을 바라보았다.

"그런 말 말아요. 오히려 내가 고마운데."

"그런데 궁금한게 있어요."

"말해보세요."

"아들에 대한 이야기…."

숙덕이 말을 멈추자 방원이 지그시 눈을 감았다 떴다.

"그것참 묘하단 말입니다. 아들이나 딸이나 매한가지로 모두 우리 자식이건만 나도 모르게 은근히 아들이 기다려지더이다."

"저 역시…. 전에는 아들이든 딸이든 상관하지 않았는데, 시아버지께서 권력을 잡은 이후로 반드시 아들을 낳아야겠다는…."

방원이 숙덕이 차마 끝맺지 못한 이야기를 유추하는 모양으로 잠시 침묵을 지켰다.

"부인 마음 충분히 이해합니다. 아울러 한편 생각하면 아버지가 야속하다는 생각까지 일어납니다."

"왜요?"

"그건 부인도 잘 알고 있지 않소. 조선을 건국하는 데 내 나름대로 열과 성을 다해 보필했건만 아버지는 방석에게 보위를 물려주겠다고 하니…."

숙덕이 가만히 웃고 있었다.

"왜 그러오?"

"서방님이 아직도 어린아이 같다는 생각이 들어 그럽니다."

"무슨 말이오. 내 이제 30을 바라보는데."

"나이만 먹으면 무슨 소용이 있나요. 나이에 맞게 변해야지요. 여하튼 권력이란 게 무엇이라 생각하나요?"

"그건 왜 느닷없이…."

"권력은 감나무 아래서 감이 떨어지길 기다리는 게 아니라 나무에 올라가 감을 따는 영역이지요. 시아버지를 보세요."

방원의 표정이 서서히 굳어지고 있었다.

"결국 부인은 내 힘으로 권력을 쟁취해야 한다는 말입니다."

"그렇지 않고 주어진 권력을 물려받는다면 그 권력은 오래가지 못할 것입니다."

"이른바 뿌리 깊은 나무가 바람에 쉽게 흔들리지 않는다는 듯이 말이오."

"바로 말하였습니다. 지난 고려의 역사를 되짚어 보세요."

방원의 표정이 다시 굳어지면서 가볍게 신음까지 내질렀다.

"그러면 이후 내 어찌 방향을 잡아야 할까요?"

"서방님이 스스로 권력을 쟁취하고자 한다면 현재 가장 큰 걸림돌이 무엇이라 생각하는가요?"

"혹시 강 씨….'

"가장 중요한 대목은 시아버지의 의중인데, 지금 시아버지의 의중을 좌지우지하는 사람이 강 씨이니 그리 간주함이 옳지요."

"물론 그렇소."

"그런 차원에서 현비 강 씨를 생각해보세요."

"강비라…. 내가 그리도 정성을 들여 보필했건만!"

방원이 강 씨를 되뇌며 이를 갈았다.

"반드시 그렇게 생각할 일만은 아니지요. 한편 생각하면 현비 강 씨가 그렇게 고마울 수 없지요."

"뚱딴지같이 그게 무슨 소리요?"

"현비가 방석을 세자로 세운 일은 하늘이 서방님을 돕고 있는 게 아닐까 하는 생각이 듭니다. 가령 강 씨가 개입하지 않고 시아버지께서 서방님의 동복형들 중 한 사람을 왕세자로 삼았다고 생각해보세요."

방원이 잠시 침묵을 지키다 자신의 동복형들의 이름을 하나하나 되뇌었다. 이어 길게 한숨을 내쉬었다.

"내 미처 그 생각하지 못했소. 내 동복형들 중에서 한 사람이 세자로 책봉되었다면 감히 엄두도 내지 못할 일이오."

"그러니 잠시 전 이야기한 것처럼 방번에게 세자 책봉에 대한 부당성을 각인시켜 강 씨를 공략하고 시아버지께는 시어머니에 대한 처우가 잘못되었음을 주장하면서 그에 대한 시정을 요구하게 된다면 그를 바라보는 강 씨의 심정은 어떨까요."

"강 씨의 욕심을 살핀다면 제 스스로 견뎌내지 못하겠지요."

"이제 방향이 잡혔습니까?"

"잘 알겠소."

잠시 침묵을 지키던 방원이 숙덕의 상체에 자신의 상체를 밀착시켰다.

"어떻게 할지 귀띔이라도 줄 수 없는가요?"

"부인 말대로 아버지께는 어머니에 대한 처우 문제를 강력하게 주장하고 또 세상 물정 아무것도 모르는 방번에게는 아버지께서 하사한 동북면 가별치(일명 가별초로 이성계의 잠저 시절에 사병으로 소속되어 사역당하던 양민 500여 가구를 가리킨다)를 양보하면서 부추겨 강 씨의 속을 완벽하게 곪아터지도록 만들어야겠지요."

 태조 이성계는 개국 과정에 보인 이방원의 공로를 인정하여 대대로 전해 오던 동북면 가별치 500여 호를 내려 주었다. 그 후에 여러 왕자 및 공신들로 하여금 각 도의 절제사로 삼고 시위하는 군대를 나누어 관할하게 하였는데, 이방원은 전라도를 관할하고 이방번이 동북면을 관할하게 되었다. 이에 이방원이 가별치를 이방번에게 양보한다.

머
비

머리

*
*
*
　　결국 강 씨 즉 현비가 40세의 이른 나이에 화병으로 세상을 하직하기에 이른다. 강 씨가 세상을 떠나자 잠시 안도의 한숨을 내쉬었던 숙덕과 방원에게 또 다른 장애물이 등장하기 시작했다.

정도전을 위시한 남은 등이 강 씨를 대신하여 왕세자인 방석에게 달라붙어 그에게 힘을 실어주고 있었다. 겉으로 살피면 방석에게 힘을 실어주는 듯 보이지만 이면을 살피면 방석을 허수아비로 세워 자신들이 권력을 차지하기 위함이었다.

정도전은 그를 위한 방편으로 이성계의 적자들과 방번을 경계하며 묘안을 내기에 이른다. 요동 정벌을 빌미로 중앙군 사력을 확충해야 한다는 구실로 사병들 특히 왕자들이 지니고 있는 군사력을 혁파하고 그들을 중앙군에 편입시키고자 시도했다.

상황이 이에 직면하자 어느 날 저녁 해가 완전히 저문 무렵에 숙덕이 소끔을 대동하고 아들 이제가 보고 싶다는 구실을 대고 친정으로 걸음을 옮기기 시작했다. 길을 가는 중에 하늘 저만치에서 희미한 달이 모습을 드러내고 있었다. 그 달을 바라보자 얼마 전 아버지 민제의 부름을 받고 방원과 함께 친정을 찾았던 일이 생각났다.

방원과 숙덕이 방에 들자 민제가 진지한 표정을 지으며 둘을 번갈아 바라보았다.

"아버지, 무슨 일로 저희를 찾으셨는지요?"

숙덕이 방원의 표정을 살피고 입을 열었다.

"내가 더 이상 방관자로 머물러 있기에는 상황이 녹록치 않아 너희들 특히 이 서방에게 주문을 주고자 불렀다."

"아버님, 말씀 주세요."

방원의 목소리가 살짝 떨렸다.

"단도직입적으로 이야기하마. 이 서방은 하륜을 어떻게 생각하느냐?"

느닷없이 하륜이란 소리가 나오자 방원의 미간이 살짝 찌푸려졌다.

"그 사람은 정도전과 한배를 타고 있는 사람이 아닌가요?"

"그건 지난 시절 이야기고. 지금은 두 사람 사이가 견원지

간으로 변했어."

"무슨 이유로 그렇게 되었어요?"

숙덕이 방원을 대신하여 말을 이었다.

"대의명분이 변질된 게지. 지금 정도전이 추진하고 있는 일련의 일들이 이 나라를 위한 게 아니라 자신의 욕심 즉 일신의 부귀영달을 위한 일로, 권력 싸움으로 변질되었기에 그와는 함께할 수 없다 결론 내린 모양이야."

"방석은 그의 야욕을 채우기 위한 허수아비에 불과하다고 생각한다는 말씀이네요."

역시 숙덕이 말을 이었다.

"바로 그런 이유란다. 하륜의 경우 순수한 마음으로 일관하고 있는데 어느 순간 정도전의 욕심에 따라 일이 추진되고 있다는 사실을 발견하고 그와 거리를 두고 있단다."

"전언에 의하면 조준 역시 그러하다고 합니다만."

"아버지, 그런데 왜요?"

방원이 말을 돌리자 숙덕이 바로 문제의 핵심을 파고들었다. 민제가 살짝 긴장하는 표정을 지으며 방원을 주시했다.

"며칠 전 하륜이 내게 찾아와 간곡하게 부탁한 일이 있네."

"아버님, 바로 말씀주십시오."

숙덕이 막 입을 열려는 순간 방원이 바로 말을 이었다.

"이 나라를 제대로 이끌 수 있는 인물은 바로 자네라는 말이네. 그래서 자네를 위해 지근거리에서 일할 수 있도록 해달라 부탁해왔네."

"그분이 무슨 이유로 그렇게 위험한 일을…."

이번에는 숙덕이 말을 이었다.

"그 사람이 관상 보는 일에 일가견을 지니고 있다 하네."

"관상이라니요?"

"이 서방의 관상이 바로 방금 전 이야기한 부분과 일치하기에, 오래지 않은 시기에 이 서방이 용상의 자리에 오를 것이라는 이야기고, 그런 이유로 간곡하게 부탁했었다네."

숙덕이 방원에게 시선을 주자 방원이 슬그머니 입술에 힘을 주었다.

"아버지께서는 그 부분 어떻게 생각하시는데요?"

민제가 그저 웃기만 했다.

"그러면 아버지도…."

"사위에게 미안한 이야기지만 내가 그리고 네 어미가 너를 선뜻 사위에게 내어준 이유가 무엇이라 생각하느냐?"

숙덕이 고개를 갸우뚱거리며 방원의 관상을 세밀히 살피

기 시작했다. 민제 역시 시선을 방원의 얼굴로 주었다.

"이제 와서 이야기하지만 내가 이 서방에게 딸아이를 선뜻 내어준 일에도 그런 부분이 작용했었다네."

순간 방원이 무릎을 꿇었다.

"아버님께서 그런 깊은 뜻이 있으신 줄 미처 몰라뵈었습니다."

"여하튼 내 이야기 명심하도록 하게. 지금 조준이 정도전과 정면대결을 펼치는 양상을 보이고 있지만 길게 바라보면 자네에게는 하륜이 고굉지신이 되리라 확신하네."

민제의 확신에 찬 언급에 숙덕이 방원의 얼굴을 바라보았다.

"아버님께서 그리 말씀해주시면 저 역시 그에 따르겠습니다."

"그 사람 결코 자네를 실망시키지 않으리라 보네."

민제의 주문에 따라 방원은 아버지가 정도전을 대하듯 하륜을 전적으로 신임하며 일을 도모한다.

그 일환으로 하륜은 명나라에 사신으로 가서 정도전 등이 요동 정벌을 계획하고 있음을 알리며 정도전을 압박하기에 이른다.

날이 완전히 어두워진 시간에 친정에 도착하자 곧바로 동생 무구의 거처로 찾아들었다. 소끔이 문 앞에서 기척을 보내자 무구와 무질이 동시에 문을 열고 누나 숙덕을 맞이했다. 이미 동생들은 낮에 소끔으로부터 전갈을 받고 이제나 저제나 숙덕의 출현을 기다리고 있던 터였다.

숙덕이 방에 들면서 소끔으로 하여금 주변 사람들이 다가오지 못하도록 지시내리고 무구의 안내에 따라 아랫목에 좌정했다.

"무휼과 무희는 어디 있니?"

"누나가 중요한 일로 방문할지 몰라서 다른 곳에 있어. 그런 경우 다른 사람들의 시선을 의식하지 않을 수 없어 나중에 알려 주기로 했어."

무구의 답변에 숙덕이 시선을 방 이곳저곳으로 돌리며 가만히 고개를 끄덕였다.

"누나 가고 나면 동생들과 함께 움직일 터이니 조금도 걱정하지 마. 그런데 갑자기 무슨 일이야?"

"무슨 일이냐니. 지금 이 나라 돌아가는 사정 나보다 너희들이 훨씬 잘 알 텐데."

무구의 질문에 숙덕이 의외라는 반응을 보였다.

"그러면 아들 때문에 온 건 아니란 말이지."

무질이 고개를 갸웃거렸다.

"제는 그저 구실에 불과할 뿐이고. 아니지, 제의 앞날을 위해서라는 게 타당하겠네. 여하튼 지금 상황이 어떻게 돌아가는지 알고 있니?"

"그거 봐. 내 말이 맞지."

무구가 무질을 바라보며 어깨를 으쓱거렸다. 그도 그럴 것이 소끔을 통해 아들 이제를 만나기 위함이라는 구실을 댔던 터였다. 무질이 숙덕과 무구를 번갈아 바라보며 가볍게 고개를 끄덕이자 무구가 입을 열었다.

"얼마 전 정도전과 남은의 주도로 왕에게 상무정신을 함양할 것을 건의하고 병법과 진법 훈련을 강화하면서 요동 정벌 준비를 마무리한 것으로 알고 있어. 이어 바로 왕에게 절제사를 혁파하여 관군으로 합치고 사병을 모두 압수하자고 했지. 아울러 왕자와 공신들이 나누어 맡고 있던 군사지휘권을 박탈하게 하고, 개인이 거느린 사병 집단을 국가에 귀속시킬 것을 건의하였어."

"그래서?"

"그래서라니, 조만간 왕이 정도전의 건의에 따라 모든 사병을 중앙군으로 편입시킬 것이라는 소문이 자자한데."

"만약 일이 그리된다면 어떤 현상이 벌어지겠니?"

"혹시 매형이…."

말을 잇던 무구가 슬그머니 머리를 긁적이자 무질이 눈을 동그랗게 뜨고 개입했다.

"그래, 무질의 말이 맞아. 그런 경우 모든 왕자들 특히 네 매형은 완전히 무장이 해제되어 정도전의 술책에 가장 먼저 희생되고 말 거야."

"희생되다니, 그게 무슨 말이야?"

"정도전의 본심은 왕권에 가장 위협적인 존재인 매형을 죽이는 일 아니겠니?"

"내 정도전 이 새끼를!"

숙덕이 힘주어 이야기하자 무구가 이빨을 갈았다.

"지금 화만 낼 일이 아니야. 그래서 내가 이리 서둘러 너희들을 찾은 거야."

"누나, 우리가 어떻게 하면 되는데?"

"너희들 생각은 어쩌냐?"

숙덕의 질문에 이번에는 무질이 뒤통수를 긁적였다.

"너희들은 최고의 방어는 최고의 공격이라는 말을 모르냐?"

"그를 모를 턱이 없지. 그러니까 누나 이야기는…."

"그런 의미에서 역으로 우리가 선수를 치자는 이야기지."

"우리가, 선수를!"

무구뿐만 아니라 무질의 입에서도 동시에 터져나왔다.

"감나무에서 감이 떨어지기를 기다리는 멍청한 짓은 하지 말아야지. 암, 그래야지."

"누나 이야기를 빌면 정도전을 먼저 제거해야 한다는 이야기인데, 지금 임금이 정도전을 엄청 신뢰하고 있는데 그게 가능할까?"

숙덕이 안타까운 표정을 지으며 무구를 바라보았다.

"누나, 왜 그래?"

"임금의 입장에서 정도전이 아무리 중하더라도 자식들만 하겠니! 설령 정도전을 죽인다고 해서 당신의 아들을 죽이기라도 할 것 같으니!"

숙덕이 목소리를 높이자 두 사람의 표정이 진지하게 변해 갔다.

"누나, 그게 아니잖아. 이 일의 종착점은 정도전이 아니라 결국 세자잖아. 정도전을 제거한 연후에 그 축인 세자 역시 제거해야 하는데. 전하는 바로는 임금께서 세자를 끔찍이 여기신다고 하던데. 그래서 우리가 걱정하는 거지."

무구가 불만스럽다는 표정을 지으며 나섰다.

"물론 네 말이 맞을 수도 있어. 그런데 지금 이 상황을 그대로 방치한다면 나나 너희들은 어떻게 될 거 같니!"

"그야 매형과 같은 운명에 처하게 되겠지."

무질이 힘없이 말을 받았다.

"그리고 세자에 대해 임금이 각별하게 생각하고 있다는 사실은 잘 알고 있어. 그런데 지금, 강 씨가 죽고 없는 이 마당에 세자에 대한 마음은 전과 같지 않다는 말이 있어. 심지어 세자를 잘못 세웠다는 생각도 하고 있는 것으로 알고 있다. 그러니 우리로서는 우리의 운명을 담보로 모험을 걸 수밖에 없는 상황이야."

"좋아, 어차피 한번 태어난 거. 이참에 끝장을 보자고!"

무구가 잔뜩 힘을 주어 말하고 무질을 바라보자 무질이 고개를 끄덕였다.

"고맙다. 후일 너희들의 노고를 절대 잊지 않을 거야. 아울러 너희들의 어깨에 나와 네 매형의 운명이 달려 있으니 일에 만전을 기하기 바라."

"우리가 어떻게 하면 되는데?"

"너는 대장군, 무질은 장군의 위치에 있기 때문에 정도전 일당들이 눈여겨보고 있을 터이니 너희 둘은 상황을 예의 주시하며 주변에 흘러다니는 정보를 철저히 파악하면서 유사시 행동을 함께할 사람들을 모으고 무휼과 무희는 병장기와 말들을 은밀하게 준비하라고 해."

"병장기와 말들을 어디서 구한다…."

무질이 말을 끝맺지 못하고 무구를 바라보았다. 시선을 받은 무구가 숙덕을 향해 고개 돌렸다.

"너희 매형이 지니고 있는 병장기와 말들 중 일부를 내가 아무도 모르게 빼돌리고 또 너희들도 나서서 준비하도록 해. 그와 관련해서 소요되는 비용은 내가 댈 테니 걱정하지 말고. 그리고 정도전 일파가 전혀 눈치채지 못하도록 은밀하게 일처리 해야 할 거야."

정도전

정도전

*
*
*   "누나!"

 해가 중천에 떠 있는 시간에 예고도 없이 숙덕의 집을 찾아 곧바로 방에 들어선 무질의 표정에 긴장감이 가득 들어찼다. 표정만 그런 게 아니었다. 쉬지 않고 달려온 듯 호흡 역시 상당히 거칠어 있었다. 숙덕이 갑자기 들어선 무질의 얼굴을 가만히 살펴보았다. 무더위가 물러간 지 한참 지났건만 무질의 얼굴이며 목줄기에서 땀이 흘러내리고 있었.

 "무슨 일인데 그러니!"

 숙덕이 급히 무질의 손을 잡아 호흡을 가다듬도록 하고 자리에 앉히려 했다.

 "지금 이럴 시간 없어!"

 이번에는 무질이 숙덕의 손을 잡고 문으로 이끌었다. 무질의 행동으로 보아 필시 적지 않은 일이 일어나고 있음을 감지한 숙덕이 무질의 행동을 저지하고 밖에서 대기하고 있던 소끔에게 냉수를 가져오라 지시했다.

"자초지종을 먼저 이야기해 봐."

무질이 순간 아차 했는지 길게 한숨을 내쉬고 털퍼덕 자리에 주저앉았다. 숙덕 역시 동생과 함께 자리했다.

"빨리 매형 모셔오도록 해!"

그 순간 방원은 이성계가 병이 들어 동복형들 그리고 가까운 친인척들과 함께 근정전 밖에서 대기하고 있었다.

"네 매형이 왜! 그리고 무구는?"

"지금 정도전 이 새끼가 매형을 포함하여 왕자들을 전부 죽이고 권력을 차지하려는 음모를 꾸미고 있어. 그래서 형은 지금 군사들을 데리러 갔고."

"뭐라고, 그러면 정도전이 지금 시아버지께서 병든 사실을 이용하여 거사를 준비하고 있다는 말이지!"

"그렇다니까!"

잠시 생각에 잠겨들었던 숙덕이 자리에서 일어나 문가로 갔다. 문을 열고 밖을 향해 집사를 당장 데려오라 지시 내리고 다시 자리 잡았다.

"누나, 어떻게 하려고?"

"어떻게 하긴 뭐 어떻게 하니. 이를 기회로 삼아야지."

숙덕이 단호하게 언급하지 무질이 슬그머니 이를 갈았다.

"그런데, 네 말이 정확한 거니?"
"내 말이 아니라 이무(李茂) 어르신의 말이야."

이무는 직전에 참찬(參贊)을 지낸 인물로 당시 정도전 일당과 운명을 함께하고 있었다. 그런데 일찍감치 숙덕의 지시에 따라 무질이 정도전 일파의 정보를 파악하기 위해 평소 자신을 아들처럼 대하는 이무에게 접근했고 그로부터 그들의 동향을 면밀하게 주시하고 있던 터였다.

"그분 말씀이라면 정확하다고 보아야겠지."
숙덕이 흡사 혼잣말하듯 하는 중에 소끔이 집사 소근과 함께 방으로 들어섰다. 무질이 소끔의 손에 들려 있는 냉수를 낚아채듯 들이키는 모습을 살피며 소근에게 시선을 주었다.
"집사는 지금 당장 궁궐로 달려가서 정안군(이방원)을 모셔오도록 하게."
느닷없는 지시에 소근이 잠시 망설였다.
"빨리 움직이지 않고 뭐하는 게냐!"
"마님, 들리는 바에 의하면 그곳에는 정안군과 여러 왕자들이 함께 하고 있다고 하는데, 어떻게 왕자님만 불러내올 수 있는지요?"

소근의 질문이 일리 있다 판단했는지 숙덕이 가만히 생각에 잠겨들었다. 그러기를 잠시 후 자신의 배를 바라보았다.

"왕자께 지금 내가 태아에게 이상이 있는 듯 배에 고통이 너무나 심하여 발버둥까지 치고 있다고 아뢰도록 하거라."

소근뿐만 아니라 모두의 시선이 숙덕의 배로 향했다. 이어 약속이나 한 듯 모두가 서로의 얼굴을 바라보았다.

"누나, 태아라니?"

"말 그대로 태아지 뭔 소리야."

"누나, 지금 임신 중이야?"

무질의 거듭된 질문에 숙덕이 가볍게 미소를 흘리며 자신의 배를 손으로 쓸었다.

"다른 사람들은 내가 임신했는 여부를 모를 게 아니냐. 다만 내가 몇 차례 유산한 일은 형제분들이나 가까운 사람들은 알고 있으니 그리 말하라는 거야. 그러면 네 매형은 무슨 말인지 충분히 이해할 거야."

숙덕의 설명에 모두가 감탄의 표정을 지었다. 이어 소근이 지시를 이행하기 위해 방을 나서자 소끔 역시 방을 벗어나고 있었다. 그들의 뒷모습을 잠시 바라보는 중에 이번에는 무구가 방으로 들어섰다.

"그래, 어떻게 되었니?"

"도성과 멀지 않은 곳에 병사들을 소집하고 무휼과 무희가 단속하고 있는 중이야. 그리고 이숙번도 부하들을 데리고 주변에서 대기 중이고. 그런데 어떻게 진행되고 있니?"

무구가 대답하고 무질을 바라보았다. 질문을 받은 무질이 숙덕에게 고개 돌렸다.

"하늘이 준 기회를 놓쳐서는 결코 안 될 거야. 오늘 당장 일을 성사시켜야지, 암 그리해야 하고 말고!"

숙덕이 힘주어 이야기하자 무질이 이무로부터 전해 들은 이야기를 전하고 세 사람이 향후 일어날 일들에 대해 대화를 나누는 중에 밖이 소란스러웠다.

"부인, 괜찮소!"

방원이 주변에 모든 사람들이 알아들을 수 있을 정도로 다분히 의도적으로 소리를 높이며 급하게 방으로 들어섰다. 방원의 손에 적지 않은 약봉지들이 들려 있었다.

"손에 들려 있는 건 무엇인가요?"

"이거… 청심환과 소합환이오."

방원이 자신의 손에 들려 있는 약봉지들을 바라보며 미소

지었다.

"그런데 그건 왜?"

"부인이 산통을 겪고 있다고 하니 그 이야기를 듣고는 이화 숙부께서 산통에는 그만이라고 쥐여주더이다."

의안군(義安君) 이화(李和)는 이성계의 배다른 동생으로 어머니는 원래 이자춘의 여종으로 후일 정빈 김씨로 추존된다. 이성계는 아버지 이자춘이 사망하자 그녀를 개경으로 모셔와 극진히 봉양했다고 전한다.

"숙부께서는 제가 임신 중이라고 알고 있으신 모양이지요?"

숙덕이 이화를 되뇌며 가볍게 미소 지었다.

"그럴리 있겠소. 다만 부인의 속내를 읽고 일부러 이리하신 모양이오. 그런데 무슨 일로 다급하게 나를 불렀소?"

방원이 처남들을 바라보며 긴장된 표정을 지었다. 그 시선을 받은 무질이 저간의 사정을 상세하게 설명했다.

"처남, 이무는 지금까지 정도전의 지근거리에서 함께해온 사람인데 그 사람을 정말 믿어도 되겠나?"

"믿어도 되겠나가 아니고 매형이 향후 그분의 안위를 책임

지셔야지요."

 무질이 확신에 찬 표정으로 답하고 다시 이무와의 관계에 대해 설명하기 시작했다. 가까운 인척 사이로 자신을 친자식 이상으로 여기고 특히 아버지 민제의 말이라면 목을 맡길 정도의 사이임을 설명했다.

"이제 그만하고 일어나셔야지요."

 숙덕의 권유에 방원이 난감한 표정을 지으며 머뭇거렸다.

"왜 그러십니까?"

"당장 저 놈들을 쳐죽여야 할 일이건만 내게는 그럴 만한 여력이…."

 얼마 전 정도전 일파의 사병 혁파에 따라 모든 병장기와 말들 그리고 수하들을 중앙군에 편입시켰던 탓이었다.

"그 부분은 조금도 걱정 마세요."

 방원의 표정의 의미를 헤아린 숙덕이 미소를 보내고 두 아우를 번갈아 바라보았다. 시선을 받은 무질이 누나의 지시로 모든 준비가 갖추어져 있음을 이야기하자 어두워졌던 방원의 표정이 살아나고 있었다.

"부인, 다시 이야기해야겠소. 부인이 정말 내 사부요, 사부."

 무질의 설명이 끝날 즈음 방원이 숙덕의 두 손을 힘차게

감아쥐었다.

"이 일은 서방님만의 일이 아니지요."

"이숙번 역시 대기 중이니 조금도 걱정할 일이 아닙니다."

숙덕에 이어 잠자코 침묵을 지키던 무구가 힘주어 말문을 열자 방원이 숙덕의 손을 놓고 두 처남의 손을 힘차게 잡았다.

"정말 고맙소. 그리고, 어차피 이 일이 나만의 일이 아니고 우리들의 일이니만큼 함께 일을 마무리합시다."

"그런데 어느 선까지 손보려 하는지요?"

"이놈들 모두 죽여야지!"

숙덕의 질문에 방원이 슬그머니 이를 갈았다.

"세자와 방번은?"

"세자는 그 축이니 당연히 제거할 일이오. 아울러 후대에 경계를 삼자는 차원에서 방번 역시 죽여야 하지 않겠소."

"방번까지요? 그동안 매형이 방번을 끔찍하게…."

무질이 선뜻 이해되지 않는지 소리를 높였다가 슬그머니 말끝을 흐렸다.

"처남, 내가 아버지이기 때문에 그냥 모른 체하고 넘어갔지만 어떻게 자신의 부인을 두고 새로이 첩을 취할 수 있다는 말인가. 그리고 첩이란 존재도 그러하지만 첩의 자식들이

활개치는 세상을 근절하여 후대에 경계로 삼아야지."

"그러면 방번에게 들인 공은…."

"물론 내가 방번에게 공을 들였지만 그는 바로 지금을 위해 그런 게 아니었는가. 그러니 일이 진행되는 동안까지 지속적으로 회유하고 일이 끝나면 방번도 곧바로 제거할 일이야."

"알겠습니다, 매형. 그러면 바로 움직이지요."

무질이 힘주어 말하며 숙덕을 바라보았다. 숙덕이 흡족한 표정을 지으며 역시 방원과 동생들을 바라보았다.

"당연히 그래야지. 그리고 무구 처남은 이숙번과 함께 행동을 통일해주기 바랍니다."

희용

흰 용

*
*
*
　　방원이 무사들을 대동하고 정도전을 추적하기 시작했다. 그 과정에 정도전이 심효생, 장지화 등과 남은의 첩의 집에 숨어 있다는 사실을 알게 된다. 그곳을 포위하고 주변에 있던 집 세 곳에 불을 지르자 사태를 직감한 일당들이 도망하기에 급급했다.

　심효생과 장지화 등은 그 자리에서 죽임을 당하나 정도전은 그 순간을 모면한다. 그러나 주변을 수색하는 과정에 판사를 지냈던 민부의 집에 이르자 그의 고변으로 정도전이 그의 집 침실에 숨어 있음을 알게 되고 방원을 밀착 수행했던 소근에게 끌려 나와 죽임을 당한다.

　그를 시작으로 일을 마무리 짓고 조준을 청량전으로 처소를 옮긴 이성계에게 보내 일의 상황을 전하고 아울러 세자를 폐하고 새로 책봉할 것을 청하자 이성계는 자신의 크나큰 실책을 통감하고 곁에 머물던 세자 방석과 방번을 내어준다.

　결국 방석은 즉각 죽임을 당하고 방번은 방면하는 척 위장했지만 잠시 후 죽임을 당한다. 아울러 그와 관련된 모든 사람들 역시 죽임을 당하면서 정변이 일사천리로 성공가도를 달리게 된다. 이에 직면하자 방원은 자신의 형인 방과(정종)를 보위에 앉히고 정종은 다시 송도로 환도한다.

정종이 보위에 오른 지 근 1년이 되어가는 시점이었다. 숙덕이 조촐하게 다과상을 준비하고 소근과 소끔을 은밀하게 내실로 불러 들였다.

"내가 자네들에게 긴히 부탁할 일이 있어 불렀네."

두 사람이 자리하자 숙덕이 표정을 부드럽게 하고 말문을 열었다.

"당치 않으십니다요. 그저 소인들에게 하라 하시면 될 일이옵니다."

소근, 비록 집사의 신분을 유지하고 있으나 방원의 허드렛일, 방원의 명에 따라 수많은 사람을 저세상으로 보냈다. 그 소근이 무슨 뚱딴지같은 이야기하느냐는 듯이 말소리를 높이며 소끔을 바라보았다.

"바로 그런 이유 때문에 부탁하려는 게야."

"아씨 아니, 마님. 우리 사이에…."

소끔 역시 무슨 소리냐는 듯 반응하자 숙덕이 만면에 미소를 머금으며 소끔의 손을 잡았다.

"그래, 우리 사이에 부탁이란 게 가당하지 않지."

 말과 동시에 숙덕이 상에 놓여있던 약식을 들어 두 사람에게 건넸다. 이어 미리 곁에 준비해두었던 서류를 소끔에게 건넸다.

"이게 무엇인지요?"

 소끔이 시선을 소근에게 주었다.

"내가 진작에 주려 했는데. 이건 네 노비 문서란다."

"이걸 왜 제게 주시는지요."

 노비 문서를 되뇐 소끔이 눈을 동그랗게 떴다.

"너는 이제 더 이상 노비가 아니라 자유인이란 말이다. 그와 동시에 네게도 성씨를 주고자 한다."

 말을 잠시 멈춘 숙덕이 소근을 바라보았다.

"그래, 소근의 성씨를 좇아 너의 성도 김 씨로 하자꾸나."

 숙덕의 거듭된 말에 소끔의 표정이 어둡게 변해갔다.

"표정이 왜 그러니?"

"혹시, 제가… 미덥지 않아…"

"너를 내치려는 게 아니라 더욱 소중하게 대우하기 위함이야. 그러니 조금도 걱정하지 말거라."

평생 노비로 살아온 소끔에게 자유는 자유가 아닌 듯 했다. 그를 살핀 숙덕이 소끔의 손을 다시 잡았다.

"하오시면…."

"정안군의 운명이 두 사람에게 달려 있어 그를 부탁하고자 함이야."

"네!"

숙덕의 이야기에 두 사람의 눈이 동시에 동그랗게 변했다.

"제 몸은 두 분의 소유입니다. 그러니 주저 마시고 말씀 주십시오. 섶을 쥐고 불속으로 뛰어들라고 해도 하렵니다."

소근이 힘주어 답하자 숙덕이 소근의 손을 힘주어 잡았다.

숙덕이 소근과 소끔과 함께 시간을 보내고 며칠후 송도에 소문이 퍼지기 시작했다. 그 주요 내용은 아래와 같다.

『어느 날 날이 샐 무렵 별은 드문드문한데, 흰 용이 침실 동마루 위에 나타났다. 그 크기는 서까래만 하고 비늘이 있어 광채가 찬란하고, 꼬리는 굼틀굼틀한데 머리가 바로 이방원이 있는 곳을 향하였다. 소근과 소끔을 포함하여 여러 사람들이 이를 바라보는데 조금 있다가 운무가 자옥하게 끼더니 간 곳을 알 수 없었다.』

"부인, 지금 송도에 나를 흰 용에 빗댄 소문이 무성한데 혹시 그 사실을 알고 있소?"

밤이 깊은 시간 방원이 얼큰하게 술에 취해 숙덕을 찾아 자리 잡자마자 입을 열었다.

"흰 용이라니요? 무슨 이야기인데요?"

"새벽녘에 흰색 용이 우리 집에 나타나 내 침실을 한참 동안 바라보다 사라졌다고 합디다."

"내 침실이 아니고 대군 침실을, 그것도 흰 용이 말이지요?"

어느 순간부터, 왕자의 난을 평정한 이후부터 숙덕의 의지로 각방을 쓰기 시작했다. 귀가 후 방원의 몸에서 흘러나오는 여인의 향취로 인해 숙덕으로 핀잔 아닌 핀잔을 들었던 터였다. 그에 대해 방원은 왕자의 난 당시 자신을 도와주었던 사람들을 핑계대었지만 풍기는 향내로 인해 그 핑계가 제대로 먹혀들지 않았던 터였다.

"여하튼, 그렇다고 하는데. 소근과 소끔이 소문의 출처인 모양인데 둘을 불러 한번 들어봅시다."

말을 마친 방원이 진짜 두 사람을 부르려는 듯 자리에서 일어났다.

"그냥 자리하세요."

막 문을 열려는 순간 숙덕이 나지막하게 말을 이었다. 고개 돌려 숙덕을 바라보는 방원의 눈이 동그랗게 변해갔다.

"그러면, 부인이…."

"빨리 일을 마무리지어야 하지 않겠어요!"

방원이 마무리를 되뇌며 다시 자리 잡았다.

"역시 부인이오, 부인."

방원의 입에서 술기운이 흘러나왔다. 단지 술기운만은 아니었다. 술 냄새를 방불케 하는 진한 화장품 냄새 역시 흘러나왔다.

"오늘도…."

숙덕이 말하다 말고 인상을 찌푸렸다.

"그런데 왜 흰 용을 등장시켰소? 혹시 도조 증조부의 일을 상기시킨 거요?"

방원이 서둘러 대화의 내용을 바꾸어나갔다.

"밖에서 일처리하다 보면 어쩔 수 없이 여인들과 함께 할 수 있다고 봅니다. 그러나 그 흔적을 집까지 지니고 오는 일은 삼가도록 하세요."

"그리하도록 하지요."

그러마고 답하는 방원의 표정이 굳어지고 있었다. 그 모습을 숙덕이 진지한 표정을 지으며 바라보자 방원이 실없이 웃음을 흘렸다.

"여하튼 부인은 도조 할아버지의 꿈 이야기로 나를 흰 용에 빗댄 게 아닙니까?"

도조는 이방원의 증조부 즉 이성계의 조부로 이춘을 지칭한다. 도조가 조선 왕조의 개창을 암시하는 꿈을 꾸는데 아래와 같다.

『도조의 꿈에 어느 사람이 말하기를,

"나는 백룡입니다. 지금 모처에 있는데, 흑룡이 나의 거처를 빼앗으려고 하니, 공은 구원해 주십시오."

하였다. 도조가 꿈을 깨고 난 후에 보통으로 여기고 이상히 생각하지 않았더니, 또 꿈에 백룡이 다시 나타나서 간절히 청하기를,

"공은 어찌 내 말을 생각하지 않습니까?"

하면서, 또한 날짜까지 말하였다. 도조는 그케야 이를 이상히 여기고 기일이 되어 활과 화살을 가지고 가서 보니, 구름과 안개가 어두컴컴한데, 백룡과 흑룡이 한창 못 가운데서 싸우고 있었

다. 도조가 흑룡을 쏘니, 화살 한 개에 맞아 죽어 못에 잠기었다. 뒤에 꿈을 꾸니, 백룡이 와서 사례하기를,

"공의 큰 경사는 장차 자손에 있을 것입니다." 하였다.』

"물론 그 일도 감안했지요. 그러나 그를 떠나서 시어머니께서 생전에 말씀주셨습니다. 대군을 임신했을 때 흰 용이 뱃속으로 들어오는 태몽을 꾸셨다고."

방원이 가만히 고개를 끄덕였다.

"그러니 대군도 자꾸 지난 일에 매달려 희희낙락하지 마시고 하루빨리 대군의 자리, 우리의 목표를 이루도록 할 일입니다."

숙덕이 말소리를 올리자 방원의 표정이 아리송하게 변해 갔다.

보위에 오르다

보위에 오르다

*
*
*   이방원을 흰 용에 빗댄 소문이 송도 전역에 퍼진 무렵 방원의 바로 위의 형인 방간이 박포 등과 함께 난을 일으켰다. 일명 2차 왕자의 난으로 방원은 난을 평정한 후 박포를 제거하고 형 방간은 귀양보내는 선에서 마무리한다.

난을 평정하고 확고하게 위치를 굳힌 그 시점에 조정이 한 차례 시끄러운 일이 발생한다. 정당 문학을 역임했던 남재가 대궐 뜰에서 "지금 곧 마땅히 정안공을 세워 세자로 삼아야 한다. 이 일은 늦출 수가 없다."고 외친다.

이와 관련하여 남재에 대해, 남재와 관련한 흥미로운 사실 두 가지 짚고 넘어가자. 먼저 이름에 대해서다. 남재(南在)의 원래 이름은 남겸(南謙)이었다. 그런데 조선 개국과 관련하여 포상이 온전하게 이루어지지 않았다는 구실로 남재가 조정을 떠나 은거하자 이성계가 그를 불러 들이고 다시는 자신의 곁을 떠나지 말라고, 언제고 곁에 있으라는 의미로 재(在)

라는 이름을 하사한다.

두 번째는 두 사람의 무덤에 대해서다. 한양으로 천도를 준비하던 이성계가 내친김에 자신의 신후지지(身後之地, 살아 있을 때에 미리 잡아 두는 묫자리)까지 준비하기 위해 무학대사와 남재 등과 함께 한양 인근을 둘러보는 중이었다.

이성계 일행이 불암산 자락으로 현재 남양주시 별내면에 이르자 그곳을 자신의 신후지지로 삼고자 한다. 그를 살핀 남재가 감격하며 자신의 신후지지 역시 근처에, 현재 건원릉 자리에 삼았음을 발설한다.

그에 호기심이 발동한 이성계와 무학대사 등이 동 장소를 방문하고 한눈에 명당임을 살피고 남재에게 묫자리를 바꿀 것을 권유(?)하기에 이른다. 결국 그 일로 남재와 이성계의 묫자리가 바뀌게 된다.

남재가 궁궐에서 한판 소동을 벌인 그날 저녁 방원이 숙덕을 찾았다.

"오늘도 어김없이…. 그런데 이른 시간에 어인 일입니까?"

방원이 들어서자 방 안이 술냄새로 진동했다. 잠시 방원의 행색을 살피던 숙덕이 인상을 찌푸렸다.

"내가 가까운 사람들과 술잔을 기울이는 중에 이상한 이야기를 들어서 그를 확인해보고자 일찌감치 들어왔소."

"이상한 이야기라니요?"

숙덕이 방원의 얼굴에 드리워 있는 의구심의 실체를 훤히 알고 있다는 듯 잔잔한 표정을 지었다.

"오늘 궁궐에서 한바탕 시끄러운 일이 발생했다오."

"무슨 일인데 그러합니까?"

"남재 대감이 궁궐 한복판에서 나를 왕세자로 삼아야 한다고 고래고래 소리를 질렀다오. 그 일로 내가 얼마나 난처하던지. 그래서 결국 화를 달래느라 술잔 기울이지 않을 수 없었소."

"그냥 일상이라고 하세요. 괜한 핑계 대지 마시고."

"부인, 정말이오. 내가 약속하지 않았소."

"그 진실 여부는 떠나서. 여하튼 그게 왜 이상한 일입니까. 이쯤이면 당연히 그리되었어야 하지 않는가요?"

숙덕이 전혀 표정 변화 없이 대꾸하자 방원의 얼굴에 미세하게 미소가 흘렀다.

"그러면 부인이…"

"제가 그 일에 무슨 상관이 있다고 그러는가요?"

"남재 대감이 그 사달을 일으킨 배후에 부인이 있다는 이야기가 들리더이다. 내가 그를 확인하고 싶어서 이리 달려왔소."

숙덕이 무표정하게 방원을 주시했다.

"역시 그 일은 부인 작품이로군요."

"방금 전 약속 운운했는데 도대체 언제까지 이럴 겁니까."

숙덕이 정색하며 대화의 방향을 바꾸자 방원의 표정이 서서히 일그러졌다.

"도대체 부인이 어떻게 했길래 남재 대감이 자신의 목숨까지 내놓을 각오로 그랬는지 알고 싶소."

방원이 숙덕의 말에 심사가 뒤틀렸는지 은근히 소리 높여 동문서답했다.

"지난번에 정도전 일파를 제거할 당시의 일입니다."

잠시 가볍게 한숨을 내쉬고 호흡을 가다듬은 숙덕이 입을 열기 시작했다.

방원이 정도전 일파를 제거하기 위해 거사를 진행하는 과정에 일이 순탄하지 않게 전개되고 있다는 소식을 접한 숙덕이 갑옷을 차려입고 막 집을 나서려던 시점이었다.

"마님, 어디 가시게요!"

"내가 이곳에서 마음 졸이고 있는 것보다 공의 곁에서 일이 진행되는 상황을 살피며 공과 운명을 함께하려 한다."

눈을 동그랗게 뜬 소끔의 질문에 숙덕이 담담하게 답하고 막 대문을 나서려던 순간이었다. 저만치서 방원과 함께 길을 나섰던 하인 최광대가 달려오고 있었다.

"일이 어떻게 진행되고 있느냐?"

"지금 한창 정도전을 찾고 있는 중입니다. 그런데 마님께서 어인 일로 이러하십니까?"

의아한 표정을 짓고 있는 광대에게 소끔이 대신 이야기했.

"마님, 마님의 마음 충분히 알겠으나 그 위험한 곳을 찾아들려 하심은 자제해 주시기 바랍니다."

"그런데 자네는 어쩐 일인가. 공과 함께하지 않고."

"공께서 마님이 이러실까 보아 저를 급히 보내셨습니다. 그러니 부디…."

"그렇다고 중차대한 시기에 내가 이곳에 머물러 있을 수는 없는 노릇이지. 공과 나는 생사고락을 함께하기로 했으니 내가 당연히 곁에 있어야지."

"마님, 아니 되옵니다. 이곳에서 잠시만 기다려 주십시오!"

"마님 그리하세요!"

광대와 소끔이 연이어 간절한 표정을 지으며 숙덕의 행동을 만류하는 중에 역시 방원을 수행했던 하인 김부개가 헐레벌떡 들어서고 있었다. 가까이 다가온 그의 손에 갓과 칼이 들려 있었다.

"일이 어떻게 진행되고 있느냐?"

"이건 정도전의 갓과 칼입니다."

숙덕의 질문에는 아랑곳하지 않고 딴소리를 늘어놓았다.

"뭐라, 그러면 일이 마무리되어간다는 말이냐?"

부개가 숨이 찬지 말도 제대로 잇지 못하자 숙덕이 부개의 손에 들려 있는 갓과 칼을 뚫어져라 바라보았다.

"공께서 빨리 마님께 이 사실을 알리라고 해서 급히 달려오는 바람에…."

부개를 바라보다 광대와 소끔에게 시선을 돌렸다. 두 사람의 얼굴에서 안도의 빛이 감지되었다.

"마님, 이제 마음 편하게 드시고 안으로 드시지요."

"그리하시지요, 마님."

소끔과 광대가 연이어 간청하고 부개의 얼굴을 바라보았다. 부개가 방금 전 상황이 어떠했는지 훤히 알겠다는 듯 가볍게 미소지으며 안도의 한숨을 내쉬었다. 그를 바라보며 숙덕 역시 안도의 한숨을 내쉬고 방으로 들어갔다.

방에서 갑옷을 벗고 평상복으로 갈아 입고 잠시 마음을 추스르는 순간 밖이 소란스러웠다. 이상한 느낌이 들어 즉각 방문을 열고 밖을 바라보았다. 남재가 파리한 얼굴로 자신을 바라보고 있었다.

순간 남재가 찾아온 이유를 헤아린 숙덕이 소끔으로 하여금 아들 제를 데려오라 지시하고 남재를 방으로 들였다.

"염치불고하고 제 목숨을 의탁하려 왔습니다."

잠시 후 아들 제를 포함하여 세 사람이 자리를 함께하자 남재가 힘들게 입을 열었다. 숙덕이 잔잔한 미소를 머금으며 남재를 주시했다. 남재의 사정을 훤히 꿰고 있었던 터였다.

남재는 정도전의 최측근인 남은의 형으로 남은과 막냇동생인 남지(南贄)가 정도전과 생사고락을 함께 약조한 사이였다. 그런 이유로 인해 방원의 측근들이 남재 역시 죽여야 한다 강력하게 주장했던 터였다.

"대감, 대감과 공은 결코 남남이 아니라 생각합니다."

숙덕이 두 동생이 정도전과 함께함에도 불구하고 남재는 바늘과 실처럼 언제고 방원에게 힘을 실어주었음을 잘 알고 있었다.

"그저 고맙다는 말씀 드립니다."

"그러니 조금도 걱정하지 마시고 제 집에 머무시면서 이 아이와 소일하도록 하시지요."

말을 마친 숙덕이 아들 제를 슬그머니 남재 곁으로 밀었다.

"그런 일이 있었구려. 그래서 남재 대감이 보은 차원에서 그리 일처리한 겁니다."

"이제 자초지종을 알겠습니까!"

숙덕의 조용한 다그침에 방원이 자신의 뒷머리를 긁적거렸다.

순혜옹주와 서경옹주

순혜옹주와 서경옹주

*
*
*   "상왕의 본질을 제대로 보지 못한 게지."

대비가 잠시 말을 멈추고 한숨을 내쉬자 그 순간까지 흐트러짐 없이 경청한 왕후가 애틋한 표정을 지으며 여인에게 시선을 주었다. 여인이 동조한다는 듯 혹은 이미 대비로부터 지난 시절의 일의 대강을 전해들었다는 듯 담담한 표정으로 바라보았다.

"여하튼 그 일이 있은 후 하륜의 주청으로 왕세자로 책봉되고 그해 겨울에 기어코 보위에 앉게 되었네."

"어머니, 참으로 우여곡절이 많았습니다."

"그런데 말이야."

대비가 말하다 멈추자 왕후가 그 사연을 알려달라는 듯 대비의 입을 주시했다.

"상왕이 보위에 오른 이후 사람이 급변하기 시작했어."

"어머니께서 말씀하신 내용을 감안하면 상왕은 보위에 오르기 전에도 이미 일탈의 기미를 보인 것으로 보입니다."

"물론 그랬지. 그래서 이제부터는 상왕의 실체에 대해, 특히 잠시 전 이야기하다 만 후궁들과 관련해서 구체적으로 언급하마. 그보다도 먼저 중전은 부부 사이를 어떻게 생각하느냐?"

"저로서는 차마⋯."

왕후가 전혀 예상 밖의 질문인지 쉽사리 대답하지 못하고 있었다.

"중전의 경우 조선이 개국한 이후에 태어났으니 내가 생각하는 부부 사이와는 확연하게 다를 거야. 내 경우는 부부란 몸과 마음이 하나 즉 동반자 관계라고 배웠고 또 그를 살피며 성장했어. 내 부모님 그리고 중전의 부모님을 살펴보게나."

왕후가 잠시 후 천천히 고개를 끄덕였다.

"그런데 어느 순간 아니지, 중전의 시할아버지 즉 여진의 땅에서 오래 생활했던 이 씨들이 조선을 세우면서 유교를 앞세워 이상한 논리를 들고 나선 게야."

"혹시 부부유별이란 항목을 언급하시는 건지요?"

"바로 그 이야기네. 그런데 그보다 더 중요한 게 인간이 지니고 있는 본성 즉 욕심이야. 나는 그 욕심을 간과하고 만 게지. 이와 관련해서 앞서 잠시 이야기했지만 조금 더 상세하게 덧붙여보자꾸나."

어느 순간부터, 셋째 아들 도(후일 세종)가 태어난 이후부터 방원이 겉돌기 시작했다. 그리고 왕자의 난이 성공을 거두자 방원이 서서히 본색을 드러내기 시작했다. 비단 숙덕에 대한 태도 변화만이 문제가 아니었다.

숙덕을 포함하여 여자를 대하는 방식에 일대 변화가 찾아왔다. 그 현상을 주시하던 숙덕이 결론에 도달하게 된다. 이른바 피는 속일 수 없다는, 소위 제 버릇 개 못준다는 결론에 도달하기에 이른다.

시어머니께 들었던, 여진인들에게 있어 여자란 존재는 그저 주머니 속의 공깃돌처럼 언제고 집어넣다 버렸다를 쉬이 할 수 있는 미물에 불과했다. 그런 이유로 이성계 역시 정실부인을 제쳐두고 다시 가례를 치렀다 판단했다.

"공께서 사람이 변한 듯 보입니다."

어느 날 방원이 늦은 시간에 술 냄새를 풍기며 자신을 찾아오자 숙덕이 작심하고 입을 열었다.

"변하다니 그 무슨 말이오!"

술기운 때문인지 방원의 목소리가 올라갔다.

"들리는 바에 의하면 밖에서 여인들을 취하고 있다고 하는데 아니 그런가요?"

"누가 쓸데없이 그런 소리를 늘어 놓는 게요!"

"그러면 정말 아니란 말입니까!"

방원의 목소리마냥 숙덕 역시 말꼬리를 높였다. 그를 감지한 방원이 슬그머니 고개를 돌렸다.

"그건 부인의 오해요, 오해."

"오해라니요!"

"지난번 정변 때 물심양면으로 도와준 사람들에게 고마움을 표하기 위해 그저 기생집에서 술잔을 기울였을 뿐이오."

"그렇다면 다행한 일이구요. 그런데 들리는 바에 의하면 공이 다른 사람들에게 대접하는 게 아니라 주변 사람들이 공에게 잘보이려고 공을 대접한다는 이야기가 들려서 내가 조금 걱정했습니다."

"설마, 내가 그럴 리가 있겠소!"

숙덕이 가볍게 안도의 한숨을 내쉬자 방원이 은근히 목소리를 올렸다.

"그래요. 여하튼 제가 공께 한 가지만 당부하겠어요."

"무엇이든 말해보세요."

"지금까지 누누이 이야기했지만 공과 저는 이후 굳건한 동반자 관계를 유지해야 한다는 말입니다."

"동반자라…."

방원이 슬그머니 말꼬리를 흐렸다.

"말 그대로 공과 제가 동시에 이 나라를 경영해나가야 한다는 말입니다. 그런 차원에서 언급하렵니다."

숙덕이 말을 멈추고 방원의 얼굴을 직시했다. 마신 술 때문인지 심기가 불편해서인지 얼굴 전체가 붉게 물들어 있었다.

"향후 공과 제가 이끌어가는 나라는 철저하게 고려와 차별화를 기해야 할 일입니다."

"구체적으로 말해보겠소."

"왜 고려가 망하게 되었는지 그 원인을 모르나요?"

"불교…."

"물론 불교를 거론할 수 있지만 가장 중요한 본질은 현실을 외면했기 때문이지요. 그로 인해 국가의 기강이 무너지고 백성들의 삶은 나 몰라라 하니, 왕이란 사람이 백성들은 내팽개치고 자신의 일신의 안위만을 위해 방탕하게 처신했으니 그리 망한 게 오히려 더 자연스럽다고 보아야지요."

"결국 부인 이야기는 오로지 국가와 백성에만 주의를 기울이라는 의미로 들립니다만."

"바로 말하셨습니다."

"내 부인의 말 깊이깊이 명심하겠소. 그러니 조금도 걱정하지 마시오. 특히 여인들의 문제는 내 각별히 주의를 기울이겠소."

"그런데 실상은 어땠는지 아느냐?"

"혹시…."

"중전도 소문을 통해 들어서 알겠지만 상왕은 그 당시 이미 순혜옹주와 서경옹주를 실질적인 첩으로 거느리고 있었어."

순혜옹주 장씨는 조선조 개국공신인 장사길과 관기 출신 첩인 복덕과의 사이에서 태어나 1412년 순혜옹주(順惠翁主)로 책봉되나 보위에 오르기 전부터 태종을 모셨다. 이어 1423년 슬하에 자녀 없이 사망한다.

서경옹주(西京翁主) 금영(金英)에 대한 상세한 내용은 전하지 않는다. 다만 이방원이 왕위에 오르기 전에 들였다는 기록이 남아 있다. 태종의 후궁으로 봉작될 정도의 여인으로서 그녀와 관련한 기록이 남아 있지 않은 것으로 보아 금영 역시 천한 신분의 여인으로 능히 짐작된다.

"그런데 그 두 사람을 후궁이라 부르기도 편치 않네요. 슬하에 자식도 없고 그저 봉작만 받고…."

"상왕이 참으로 치사한 인간이란 게 바로 모습을 드러낸 게지."

왕후가 머뭇거리자 대비가 바로 말을 이었다.

"무슨 말씀인지 잘 이해되지 않아요."

"중전이 차근히 생각해보거라. 상왕이 첩을 절대 들이지 않겠다고 내게 호언장담한 지 얼마 되지 않았는데 내게 그리고 주변 사람들에게 그를 드러내놓을 수 없었던 게지. 그러니 그 여인들만 불쌍하게 되었지. 그저 허울좋은 봉작만 후에 받았지만 한낱 상왕의 성 노리개에 지나지 않았네."

"그 일에 그녀들의 신분도 한몫한 듯 보이네요."

"그도 역시 상왕의 의도였지."

"그러니까, 어머니께서 차마 언급하기도 창피할 정도의 여인들을 취하여 어머니의 입을 막으려는 의도가 숨어 있던 것으로 이해됩니다."

"바로 말하였네. 그런데 이 대목에서 장사길에 대해 언급해야겠네."

"그 사람은 2년 전에 세상을 떠나지 않았는지요."

"내가 그를 언급하고자 함이 아니네. 그 사람의 출신을 이야기하려 하네."

"혹시 그 사람도 여진…."

"바로 보았네. 그 사람 역시 여진족들과 오랜 기간 동고동락했던 사람이야. 그러니 거리낌 없이 첩을 두었던 게지."

"그런데 대비마마."

대비와 왕후의 이야기를 듣고만 있던 여인이 막상 입을 열고 말을 잇지 못했다.

"어려워 말고 말해보게."

"그러면 장사길과 상왕 전하의 관계가 어찌 되는지…."

"어찌 되긴 뭐가 어찌 되나. 상왕도 그러하지만 내게도 엄밀하게 언급하면 장사길은 장인이고 기생첩 복덕은 장모가 되는 게…."

대비가 말을 채 끝맺지 않고 허탈하다는 듯 한숨을 내쉬었다.

"그런 경우라면 차라리 작위를 내리지 않은 일만 못합니다."

왕후 역시 이해하기 힘들다는 듯 눈을 동그랗게 떴다.

"그런데 더 웃기는 일이 뭔지 아느냐?"

왕후와 여인이 서로의 얼굴을 바라보았다.

"취하고 한참 후에야 작위를 주었다는 대목일세."

"결국 어머니를 욕보이려고 그런…."
왕후가 말을 맺지 않고 슬그머니 입을 앙다물었다.
"그런데 그건 그저 시작에 불과할 뿐이었어."
순간 두 여인의 눈이 동그랗게 변해갔다.

신빈 신씨

신빈 신씨

*
*
*
 방원이 보위에 오른 이듬해 여름에 정비(왕비)로 봉작된 원경왕후가 온몸 전체에 노기를 품고 대전을 찾아들었다. 대전에서 신료들과 대화를 주고받던 방원이 그 이유를 알겠다는 듯 신료들을 물리자 왕후가 기세등등하게 방원에게 다가섰다.

"정비가 이 시간에 어인 일이오?"

방원이 표정을 부드럽게 위장하고 왕후를 바라보았다.

"이제 노골적으로 제 권한까지 침범하는 겁니까!"

"갑자기 그게 무슨 말이오."

"정녕 몰라서 이러는 겁니까!"

왕후의 목소리가 한층 더 높아지자 방원의 얼굴에 곤혹스러움이 들어차기 시작했다.

"궁인 신 씨의 일로 그러는 겁니까?"

"비단 신 궁인만의 일이 아니지요!"

왕후가 단호하게 말을 맺었다.

왕후가 방원이 최근에 궁에 들인 신영귀의 딸인 궁인 신 씨에게 집적대고 급기야 두 사람 사이에 비밀스런 일이 은밀하게 진행되고 있다는 이야기를 접했다. 그 일로 왕후가 신 씨를 불러 엄히 주의를 주는 일이 발생했다.

방원이 그 사실을 모르고 환관을 통해 신 씨를 소환하자 신 씨가 머뭇거리며 소환에 응하지 않았다. 방원이 그 이유를 접하자 불같이 화를 내며 정비전의 시녀와 환관 등 20여 명을 내치는 복수를 감행했다.

"그러면 내가 정비의 휘하들을 내쳐서 그렇다는 이야기요?"

왕후가 즉답을 피하고 잠시 방원을 쏘아보았다.

"도대체 주상은 임금이 어떤 존재라 생각하는 겁니까!"

"그야 임금은 만인지상으로 이 나라 최고의 권력자 아니오. 말인즉 이 나라는 나의 나라라는 말이오."

"지금 나의 나라라 하였나요!"

"물론 정비의…."

왕후가 나의 나라에 힘을 주었다. 그러자 방원이 슬그머니 고개 돌렸다.

"주상, 혹시라도 이 조선이 주상의 나라라 생각하고 있는 게 아닌지요!"

"그럴 리가 있겠소. 정비와 함께 이 나라를 경영해…."

방원이 중간에 말꼬리를 흐리자 왕후가 가볍게 혀를 찼다.

"주상, 우리 굳게 약조하지 않았습니까. 이 나라는 주상과 나의 나라가 아니라 이 땅에서 살고 있는 모든 사람들의 나라라고, 그리고 향후 그런 차원에서 국가를 경영해나가기로 하지 않았습니까!"

왕후가 잠시 사이를 두었다.

"아울러 이 나라는 지난 고려보다 발전된 나라로 이끌자 약조하지 않았습니까. 그런데 주상의 생각은 그게 아닌 모양입니다."

"내가 그를 잊지 않았소. 그러니, 아랫것들도 있고 하니 이제 그만합시다."

방원이 대전 내관들에게 시선을 주며 짜증스런 표정을 지었다. 왕후 역시 내관들로 시선을 주었다.

"정히 그러하면 이야기 길게 하지 않으렵니다. 여하튼 만인지상이라고 했는데 그 의미는 백성들을 함부로 대해도 된다는 의미는 아닐 것입니다. 그러니 빠른 시간에 아니, 지금 당장 내친 사람들을 원위치 시켜주세요."

방원이 닭 쫓던 개 지붕 쳐다보는 격으로 천장을 주시했다.

"그런데 어떻게…."

왕후가 이해되지 않는다는 듯 고개를 가볍게 흔들었다. 그도 그럴 것이 궁인 신 씨는 이듬해에 첫아들 공녕군(후일 함녕군) 이인을 출산하기 시작하여 당시까지 무려 2남 7녀의 자식을 슬하에 두었다. 또한 태종 재위 시에 아들 이인이 정윤(正尹, 서자 출신 왕자에게 부여한 작호)으로 봉해지면서 신녕옹주란 작호를 부여받았다.

"상왕이 작심했던 게지."

"작심이라니요?"

"그만 나를 내치고 신 씨로 하여금 내 자리를 대신하도록 하려고 오래전부터 작정하고 있었던 게야."

"설마…."

왕후가 차마 믿기지 않는 모양으로 의혹 가득한 시선으로 여인을 바라보았다.

"자네들이 차근히 생각해보게나. 상왕이 보위에 오른 이후의 상황 말일세."

"그래도 중간에 정선공주와 일찌감치 작고하신 성녕대군을 잉태…."

왕후가 말하다 슬며시 말끝을 흐리자 대비가 허탈하다는

듯 웃어넘겼다.

"내가 속아 넘어간 게지, 암 그렇고말고."

"속으시다니요?"

"그 무렵 무슨 일이 있었는지 알겠느냐?"

"혹시 양녕대군께서…."

"바로 그 일이네. 상왕이 양녕을 왕세자로 책봉했었던 일로 상왕이 그나마 정신을 온전하게 다잡는다 착각하고 일이 그리 된 게야."

"당시로서는 양녕대군을 왕세자에 책봉하는 게 당연한 수순이었을 터인데 왜 그 일로 그리 생각하셨었는지요?"

왕후가 차마 이해되지 않는다는 듯 고개를 갸우뚱거렸다.

"중전은 잘 모르겠구나. 내가 왜 당시 그리도 신경을 썼는지. 그리고 그 일 이후 정신을 놓을 정도로 안도했는지."

대비가 두 여인을 바라보며 헛웃음을 흘렸다.

"태조 대왕 시절로 돌아가보세. 태조께서 정부인을 놔두고 중혼을 하면서 작은 부인을 통해 두 아들을 가지게 된 거야. 그리고 태조는 적장자들을 제치고 서자인 방석을 왕세자로 책봉해 버린 거지. 그 일로 결국 본의 아니게 피바람을 일으키며 원래의 자리로 되돌리게 된 거고."

"그 이야기는 잠시 전 들었습니다만."

"그런데 그와 동일한 일이 다시 발생하지 말라는 법이 없었지. 다른 사람도 아니고 임금이 현재의 상왕인데."

"대비마마께서 마음 고생이 심하셨던 것으로 사료되옵니다."

여인이 근심스런 표정을 지으며 목소리를 낮추었다.

"당시 내 속마음이 정말 어땠는지 짐작들 하나?"

"저희가 어찌…."

"나를 대하는 상왕의 태도에서 얼핏 그런 느낌을 받았네. 상왕의 진짜 속내가 어떤지는 몰라도 여차하면 내가 낳은 자식들을 제치고 서자들을 보위에 앉히려 할지도 모른다는 생각 말이야."

"마마께서 당연히 그리 생각하실 수도 있다 생각 듭니다."

"그게 바로 신뢰의 문제라는 거야. 서로에 대한 믿음이 사라지니까 별 의심이 마음을 헤집고는 하더라고."

두 여인이 마치 동조한다는 듯 고개를 끄덕였다.

"여하튼 그 일 이후 마음을 내려놓았네. 양녕이 왕세자로 책봉된 이후 신 씨가 실세가 되든 말든 그쪽은 신경 끊어버렸다네. 그런 이유 때문인지 몰라도 혹은 상왕의 진정이었는지는 몰라도 신 씨가 내명부의 실세가 된 거야."

"그런데 어머니, 왜 대군께서 세자에서 폐위되셨는지요?"

"상왕이 공개한 이유를 들자면 '세자 이제가 간신의 말을 듣고 함부로 여색에 혹란하여 불의를 자행하였다. 만약 후일에 생살 여탈의 권력을 마음대로 한다면 형세를 예측하기가 어려우니 이를 자세히 살펴서 나라에서 바르게 시행하는 것이 마땅하다'는 거였네."

"그 때문이라면 상왕 전하도 만만치…."

왕후가 말을 채 끝마치지 못하자 대비가 피식 하고 웃고 말았다.

"중전의 말이 맞네. 비록 저는 개차반으로 일관하지만 남이 그런 꼴은 볼 수 없다는 도둑놈의 심보가 발현된 게지."

대비가 격앙된 표현을 사용하자 두 여인이 본능적으로 주변을 둘러보았다.

"주변 의식할 필요 없네. 이제 상왕은 나를 없는 사람 취급하니 조금도 걱정할 필요 없어."

"그렇다면 양녕대군께서는 일부러…."

"다분히 그런 의도가 있다고 보아야지. 그런데 중요한 건 왜 양녕이 그런 행동을 했는가가 아닌가."

"왜 그리했는지요?"

"앞서 언급했지만 그 아이가 태어나자마자 곧바로 내 친정으로 보냈네. 그리고 어린 시절 친정 부모님으로부터 교육을 받았지."

"부모님들의 경우 지금과는 다른 삶을 사신 분들이지 않나요?"

"중전이 바로 말하였네. 고려의 권문세족이셨던 아버지와 어머니로부터 교육을 받았으니. 그런 양녕의 입장에서 바라보면 상왕의 행태는 도저히 이해 못할 일들이었지. 그래서 제 아버지에게 반항하면서 일이 어긋난 경우로 받아들여야지."

대비의 설명에 두 여인이 가볍게 고개를 주억거렸다.

"대비마마, 제가 한 가지 여쭈어보아도 되올는지…."

"어려워 말고 이야기하라고 해도."

"그렇게 하세요."

여인이 왕후를 바라보다 대비에게 시선을 주었다. 대비가 미소를 건네고 있었다.

"이농(李襛, 후일 근녕군)의 생모가 누구인지 알고 싶사옵니다. 전하는 바에 의하며 농 역시 신 씨의 아들이라는 이야기가 무성해서요."

대비가 길게 한숨을 내쉬고 피식 하고 웃음을 흘렸다.

"워낙에 여기저기서 싸질렀으니…. 그와 관련해서 잠시 후

이야기해주려고 했는데 이왕 말이 나온 김에 지금 해주어야겠구나."

잠시 뜸을 들이던 대비가 차분히 말을 이었다.

"내 아우인 민무구와 민무질의 옥사에 대해서는 잘들 알고 있으리라 생각하네. 여하튼 1410년에 상왕이 제주도에 유배되어 있는 내 아우 두 사람에게 자결하라는 명을 내리고 결국 운명을 달리하였네."

잠시 말을 멈춘 대비의 눈가가 촉촉해지고 있었다.

"대비마마, 송구하옵니다."

여인이 괜한 말을 끄집어 내어놓았다는 듯 고개를 숙였다.

"아니야, 중전은 반드시 알아야 할 일이니 괘념치 말게나. 여하튼 그 일로 상왕과 크게 한판하고는 이내 몸져누웠었지. 그러자 상왕 이 인간이 나를 농락하려고 내가 가까이 데리고 있던 궁인 고 씨를 범해버린 거야. 그리고 다음 해에 농이 태어난 게야."

"마마, 어떻게 그럴 수 있나요?"

"그게 바로 상왕의 본질이란다. 그런데 그보다 더 기막힌 일이 있단다."

두 사람이 의혹이 가득 찬 눈빛으로 대비를 주시했다.

"그 여인에 대해 상왕이 한동안 정빈(貞嬪)이라 부르고는 했었지."

"정빈이라면…."

"상왕이 왕세자로 있을 당시 내 작호가 바로 정빈이었어. 그런데 그 여자에게 툭하면 정빈이란 칭호로 부르고는 했어."

"대비마마, 차마 믿기지 않습니다."

여인이 가세하자 대비가 잠시 천장을 바라보았다.

"정상적인 사고를 지닌 사람이라면 절대 이해할 수 없지. 그런데 상왕이란 사람은 그런 일을 서슴치 않고 자행했어. 정빈이란 칭호도 그러하지만 고 씨와 관련한 일은 경녕군 이비의 어미의 경우에 비교하면 그런대로 봐줄 만하다네."

"네!"

두 여인이 동시에 비명을 질러댔다.

효빈 김세

효빈 김씨

>   *
>   *
>   *   "경녕군의 어머니요!"

"경녕군은 상왕의 서자로는 첫째지."

"그야 알고 있지만…."

왕후가 다음 말을 들려달라는 듯 대비의 입을 주시했다.

"먼저 1415년 상왕이 춘추관에 내린 교지 내용 인용해보자꾸나."

『민씨가 모자를 사지에 둔 죄를 묻는 왕지를 춘추관에 내리다.

춘추관에 왕지를 내리었다. 하루 컨에 임금이 의정부 참찬 황희·이조 판서 박은·지신사(도승지) 유사눌에게 명하여, 민씨(閔氏)가 음참하고 교활하여 원윤 이비(李裶)가 처음 태어났을 때에 모자를 사지에 둔 죄를 갖추 써서 왕지를 내리고자 하다가, 케술한 것이 뜻에 맞지 않아서 하지 않았다. 박은이 아뢰기를,

"신료들이 비록 음식을 대하여서라도 어진 임금이 장수하고

아들을 많이 얻기를 축원하는데, 왕자가 태어난 날에 어찌 이러한 것이 있겠습니까? 비록 왕지를 내리지 않더라도 신 등이 이미 들었으니, 감히 묵묵히 있고 청하지 않겠습니까?"

하니, 컨지하기를,

"내가 다시 상량하겠으니 경 등은 각각 집으로 돌아가라."

하였다. 이틀 후에 경승부 윤 변계량을 불러 왕지를 지어 춘추관에 내리었다.

"임오년(1402년) 여름 5월에 민씨의 집안 노비로서 본래부터 궁에 들어온 자가 임신하여 3개월이 된 뒤에 나가서 밖에 거하고 있었는데, 민씨가 행랑방에 두고 그 계집종 삼덕과 함께 있게 하였다.

그 해 12월에 이르러 산삭이 되어 이 달 13일 아침에 태동하여 배가 아프기 시작하였다. 삼덕이 민씨에게 고하자, 민씨가 문 바깥 다듬잇돌 옆에 내다 두게 하였으니, 죽게 하고자 한 것이다.

그 형으로 이름이 화상이라는 자가 불쌍히 여기어, 담에 서까래 두어 개를 걸치고 거적으로 덮어서 겨우 바람과 해를 가리었다. 진시(辰時, 상오 7시부터 9시까지)에 아들을 낳았는데 지금의 원윤 이비이다.

그날 민씨가 그 계집종 소장·금대 등을 시켜 부축하여 끌고 아이를 안고 숭교리 궁노인 벌개의 집 앞 토담집에 옮겨 두고, 또 사람을 시켜 화상이 가져온 금침·요자리를 빼앗았다. 종 한 상좌란 자가 있어 그 추위를 무릅쓰는 것을 애석하게 여기어 마의(馬衣, 말 등에 입히는 옷)를 주어서 7일이 지나도 죽지 않았다.

민씨가 또 그 아비와 화상으로 하여금 데려다 소에 실어 교하의 집으로 보냈다. 바람과 추위의 핍박과 옮겨 다니는 괴로움으로 인하여 병을 얻고 또 유종이 났으니, 그 모자가 함께 산 것이 특별한 천행이었다.

내가 그때에 알지 못하였다. 지금 내가 늙었는데 가만히 생각하면 참으로 측은하다. 핏덩어리가 기어다니는 것을 사람이 모두 불쌍히 여기는데, 여러 민(閔)가가 음참하고 교활하여 여러 방법으로 꾀를 내어 반드시 사지(死地)에 두고자 하였으니, 대개 그 종지(宗支)를 케거하기를 꾀하는 생각이 마음에 쌓인 것이 오래 되었으므로, 그 핏덩어리에게 하는 짓이 또한 이와 같이 극악하였다.

그러나 천도가 밝고 어그러지지 않아서, 비록 핏덩어리가 미약함에도 보존하고 도와서 온전하고 편안하게 한 것이 지극하였다. 어찌 간사하고 음흉한 무리로 하여금 그 악한 짓을 이루게 하겠느냐?

이것이 실로 여러 민가의 음흉한 일이다. 내가 만일 말하지 않는다면 사관이 어찌 능히 알겠는가? 참으로 마땅히 사책(史冊)에 상세히 써서 후세에 밝게 보이어 외척으로 하여금 경계할 바를 알게 하라."』

"어머니, 어머니를 가리켜 음침하고 참혹하며 교활하다니요! 그도 부족해서 민 씨라니요! 어떻게 어머니를 민 씨라 지칭할 수 있는가요. 상왕도 그러하지만 그를 기록하는 신료들이 감히…."

왕후가 경악스럽다는 반응을 보이자 대비가 길게 한숨을 내쉬었다.

"그 사람들이 무슨 죄가 있겠느냐. 여하튼 그를 살피면 상왕이 나를 어떻게 대했는지 바로 드러나는 게 아니겠니."

"아무리 그래도 그렇지. 이 기록은 후손들까지 모두 볼 터인데 어찌…."

왕후가 가볍게 입술을 깨물었다.

"그도 그렇지만 상왕의 말은 모두 거짓이라는 사실이야. 내 남은 동생들인 무휼과 무희를 죽이려고 철저하게 날조한 거야."

"네!"

두 사람이 다시 비명을 질러대며 서로의 얼굴을 바라보았다.

"두 아우가 형들이 억울하게 죽임을 당했다고 주장하자 자신의 행위가 정당했음을 위장하고자 또 그러기 위해 두 동생을 죽여야 한다 판단하고 모든 사실을 날조한 거야. 이왕에 말이 나왔으니 그에 대한 진실을 이야기하마. 그보다도 먼저 자네들은 경녕군 이비의 어미가 누구인지 아느냐?"

두 여인이 서로에게 답을 구하듯 서로를 바라보았다.

"내 앞서 사가부터 내 몸종이었던 소끔에 대해 언급했었지."

"그랬습니다만, 설마!"

왕후가 목소리를 높이고 여인을 바라보았다.

"그렇다네. 경녕군의 어미가 바로 소끔이라네."

이번에는 두 여인이 비명을 지르지 않았다. 그저 부들부들 몸을 떨기 시작했다. 몸만이 아니었다. 심지어 눈동자까지 발갛게 물들어갔다. 두 여인의 표정 변화를 살피며 대비가 이야기를 이어갔다.

"소끔으로부터 상왕에게 겁탈당했다는 이야기를 듣고 또 임신까지 하게 되었다는 이야기를 듣고 덜컥 겁이 나더라고. 상왕이 저지른 일로 인해 다시 소끔에게 해가 미치는 게 아닌가 하고 말이야.

 그래서 상왕의 눈에 띄지 않게 하기 위해, 궁에 머물다 보면 어떻게든 상왕이 그 사실을 알게 되고, 저 개인의 이해관계에 따라 사람 목숨을 파리만큼도 취급하지 않는 그 사람으로부터 소끔과 아이를 살리기 위해 상왕의 시선에서 멀어지게 하려고 부모님께 사정해서 친정으로 보냈던 거야."

 두 여인이 가볍게 치를 떨었다.

 "그런데 왜 상왕이 내 몸종인 소끔을 취했는지 알겠느냐?"

 "혹시 앞서 이야기했던 신녕옹주와 연관되었는지요."

 "바로 그러하네. 내가 그녀를 심하게 나무라자 그에 대한 복수로 내 분신처럼 여기는 소끔을 반강제적으로 취한 것이라네. 그런데 공교롭게도 그 아이가 임신하게 된 거고."

 왕후가 가슴을 한번 가볍게 쓸고 말문을 열자 대비가 차분하게 답을 이었다.

 "이 대목에서도 나를 나아가 우리 가족을 능멸하고 있어. 어떻게 내 아버지를, 모든 사람이 인정하는 군자인 아버지를 몹쓸 사람으로 또 인자하기 그지없는 내 어머니를 모독하였는지 내 정신으로는 도저히 감당하기 힘들 정도라네."

 "어머니, 혹시 상왕께서 정신적으로 문제 있는 게 아닌지요."

왕후가 여인의 눈치를 살피며 입을 열었다. 대비가 왕후를 바라보며 다시 길게 한숨을 내쉬었다.

"글쎄, 그걸 정신적인 문제로 봐야 할지 혹은 인성의 문제로 봐야 할지 모르겠구나. 다만 내가 추측하는 바로는 어린 시절 여진족들과 함께 살면서 고려와 원나라의 눈치를 보며 살아서 자연스럽게 몸에 밴 본질이 아닐지 모르겠구나."

"그런데 어머니. 상왕이 정말 기록에 나타난 대로 한참 후에 그 사실을 알게 된 건가요?"

"그럴 리가 있겠느냐, 애가 커가면서 말들이 흘러다니는데. 결국 몇 년 후에 상왕도 그 사실을 알게 되었어."

"그런데 왜 당시에는 알지 못했다고 하였는지요?"

"벼룩도 낯짝이 있다는 말 아는가?"

여인의 말에 대비가 은근히 목소리를 높였다.

"결국 경녕군과 관련해서도 그런 건가요?"

"상왕 자신은 절대 서얼을 만들지 않겠다고 호언장담했었는데 덜컥 아이를 낳았으니 그 사실을 알고도 드러낼 수 없었던 거지."

"임금을 떠나 인간의 탈을 쓰고 있는 사람이 어찌 그리 무도할 수 있는가요?"

왕후가 작심했다는 듯 한마디 한마디 똑부러지게 말을 이어갔다. 대비가 잠시 천장을 바라보다 가볍게 이를 갈았다.

"그런데 어찌 경녕군으로 봉작하였는가요?"

"차근히 생각해 보거라. 왜 봉작했는지."

"혹시, 신녕옹주의 아들로 인해…."

이번에는 여인이 조심스럽게 입을 열었다.

"바로 말하였네. 신 씨의 아들에게 봉작한다는 말을 듣고 내가 간청했네. 소끔의 아들도 작호를 주어야 한다고. 그래서 마지못해 봉작한 거야."

"왜, 경녕군은 오랜 기간 자신의 신분에 대해 언급하지 않았는지요?"

"왜 그랬는지 짐작이 가지 않느냐?"

"혹시 상왕이 무서워서…."

말을 잇던 왕후가 눈을 동그랗게 떴다.

"친자식인 양녕도 상왕이 무서워 기피했는데 하물며 서자로서 감히 엄두도 내지 못할 일이었지."

원경왕후의 동생 민무구와 민무질의 옥사 당시 동생 민무휼과 민무회가 몸져누운 누나의 문병 차 대궐을 출입했다. 이때 민무휼과 민무회 형제가 세자인 양녕대군을 찾아가 두

형의 억울함을 하소연하면서 도움을 요청했지만 양녕은 아버지 방원이 무서워 입도 벙긋하지 못했었다.

"하기야…."

왕후가 역시 말을 끝까지 잇지 못했다. 대비가 손을 뻗어 왕후의 손을 잡았다.

"내가 중전에게 간곡한 부탁이 있다네."

"어머니, 부탁이라니요. 그저 해라 하시면 반드시 따르렵니다."

"그래, 고맙네. 다름이 아니라 소끔에 대한 이야기라네."

"어머니, 말씀 주세요."

대비가 말을 멈추자 왕후가 재촉했다.

"소끔은 내 분신 같은 아이네. 그런데 상왕 생전에는 그 아이에 대해 어떠한 조처도 취하지 않을 듯하네. 경녕군의 어미로서 당연히 작호를 주어야 하건만 그럴 가능성이 없어 보여. 그래서 상왕이 죽거든 그 아이에게 그에 합당한 처우를 해주게나."

"어머니께서 하시면 안 되는가요?"

"내가 오죽하면 중전에게 부탁하겠는가."

대비가 한숨을 내쉬었다.

"혹시 무슨 이유라도 있는지요?"

"상왕이 내린 교지 내용을 상세하게 살펴보게나."

왕후가 잠시 후 '민 씨의 가비'를 되뇌었다.

"이제 이해되는가. 상왕 스스로 경녕군의 어미가 내 몸종이라 인정했는데. 내게 복수하기 위해 그런 일이 발생했는데 봉작을 주는 일이 가능하겠느냐?"

"그뿐만 아니라 교지 내용을 살피면 경녕군이 상왕의 아들이란 사실조차 감추고 있는 게 아닌가 하는 의심까지 일어납니다. 또한 잠시 전에 순혜옹주와 서경옹주가 자식이 없다고 하셨는데 그 역시도 의심스럽습니다."

"중전의 의심이 진실일 수도 있지. 어떻게 살피면 그 두 사람에게도 자식이 있을 수도 있다는 생각에 무게감이 실린다네."

"두 여인의 일도 그러하지만 이 일이 발생한 대목이 의심스러운…."

여인이 말하다 말고 두 사람의 눈치를 살폈다.

"주저말고 말해 보게나."

"내용을 상세하게 살피면 핵심 측근인 신료들이 상왕에게 이야기를 전해들었다고 하는데, 그렇다면 이 일의 최초의 발설자가 누구인지 궁금하옵니다."

대비가 답답한지 한숨을 내쉬었다.

"어머니, 왜 그러시는지요."

"내가 이야기하지 않았느냐. 이 일 자체가 내 동생들을 죽이려고 상왕 스스로가 날조한 거라고."

"아무리 그래도 그렇지 조금만 주의를 기울이면 누구라도 훤히 알아챌 텐데 도대체 무슨 심정으로 일을 이리 처리하셨는지 모르겠어요."

"그게 바로 상왕이란 사람의 실체야, 실체."

왕후의 말에 대비가 쐐기를 박았다.

의빈 권세

의빈 권세

*
*
*   "그나저나 자네들, 스님이 제 머리 못 깎는다는 말 아나?"

"굳이 스님을 떠나 누구라도 자기 머리를 자기가 깎을 수 없는 거 아닌가요?"

왕후가 의외의 질문이라 생각했는지 의아한 표정을 지으며 말을 받았다.

"중전 말이 맞네. 그런데 상왕은 자기 머리를 스스로 깎는 위인이라네."

"어떡해…."

"신녕옹주의 일과 관련해서라네."

"그 일로 경녕군의 어미를 겁탈한 것으로 끝나지 않았는지요?"

"상왕이 결코 그럴 위인이 아니지."

"네!"

두 여인의 입에서 동시에 흘러나왔다.

"신녕옹주와 관련하여 나의 저항으로 일이 차질을 일으키자 역시 복수의 일환으로 정의궁주를 정식으로 들이기 위해 신료들에게 그 근거를 마련하도록 하였네."

정의궁주는 성균 악정 권홍의 딸로 1422년 의빈으로 봉작된다. 1402년 태종은 권 씨를 후궁으로 들이기 위해 역대 제왕들의 비빈의 숫자와 빈첩의 제도를 상고하게 하여 1처 2잉(첩)의 후궁 제도를 법제화하도록 지시내린다.

그 이유로 임금이 즉위한 지 얼마 되지 않아 빈첩이 미비하고 오로지 평시의 시녀만이 있을 뿐으로 또한 원경왕후의 천성이 투기가 심해 사랑이 아래로 이르지 못하기 때문이라며 그녀를 맞아들이면서 왕비나 세자빈에 준하는 가례를 준비하도록 지시내린다.

이와 관련하여 실록 태종 2년(1402) 3월 7일 기록 인용한다.

『성균 악정 권홍의 딸을 별궁으로 맞아들이었다. 처음에 대부인 송씨(원경왕후의 어머니)가 정비에게 말하기를,

"궁빈이 너무 많아서 그것이 컴컴 두렵다." 하였는데, 정비의 투기는 더욱 더 심해만 갔다. 임금이 권씨가 현행(賢行)이 있다

하여 예를 갖추어 맞아들이려고 하니, 임금의 옷을 붙잡고 말하기를,

"상감께서는 어찌하여 예컨의 뜻을 잊으셨습니까? 케가 상감과 더불어 함께 어려움을 지키고 같이 화란을 겪어 국가를 차지하였사온데, 이케 나를 잊음이 어찌 여기에 이르셨습니까?"

하며, 울기를 그치지 아니하고 음식도 들지 아니하므로 임금이 가례색을 파하도록 명하고, 환관과 시녀 각각 몇 사람만으로 권씨를 별궁에 맞아들였다. 청비는 마음에 병을 얻었고, 임금은 수일 동안 청사를 듣지 아니하였다.』

"마마, 쉽게 이해되지 않아 그러는데, '대부인 송씨가 정비에게 말하기를, "궁빈이 너무 많아서 그것이 점점 두렵다." 하였는데, 정비의 투기는 더욱 더 심해만 갔다.(大夫人宋氏言於靜妃曰:"宮嬪甚多, 其漸可畏。"靜妃妬忌尤甚)'는 의미가 무엇인가요?"

"미안하지만 나 역시 무슨 말인지 모르겠구나. 혹시 중전은 무슨 뜻인지 알겠느냐?"

왕후가 '대부인송씨언어정비왈, 궁빈기다, 기점가외, 정비투기우심'을 연거푸 되뇌었다.

"어머니, 아무리 살펴보아도 무슨 의미인지 정확하게 모르겠습니다. 왜 어머니의 친정어머니께서 등장하는지도 모르겠고요."

"마마, 정말 정신적으로 문제 있는 게 아닌지요?"

여인이 고개를 절레절레 흔들며 조심스럽게 입을 열었다.

"그렇다고 보아야 하지 않겠니. 그런데 이 대목에서 나에 대한 험담은 어제오늘의 일이 아니라 참아낼 수 있지만 내 어머니까지 못된 사람으로 몰아가고 있는 듯한 감을 받았고, 그래서 자식된 도리로 차마 묵과할 수 없어 당장 상왕에게 달려갔지."

"당연히 그리하셔야지요!"

왕후의 표정이 급격하게 경직되어갔다.

"주상, 투기라니요!"

원경왕후가 서슬퍼런 표정으로 방원에게 다가섰다.

"느닷없이 투기라니요?"

방원이 시치미를 떼고 나섰다.

"그러면 권 씨를 빈으로 들이고자 하는 이유가 뭔가요?"

"내 말하지 않았소. 권 씨가 현행이 있다고."

"뭐라고요, 현행이 있다고!"

"그렇소만."

왕후의 목소리가 올라가자 방원이 말꼬리를 흐렸다.

"열여덟 살의 여자가(1384년생)가 무슨 현행이 있다는 건가요. 내 머리가 아둔하여 이해하기 힘드니 그 이유를 알기 쉽게 말해주겠어요!"

왕후의 다그침에 방원이 잠시 쭈물거렸다.

"굳이 권 씨를 떠나 그 집안을 살펴보시오."

한숨을 내쉰 왕후가 방원의 이야기에 권 씨의 가문을 새겨보았다. 내세울 거라곤 고려 말 권문세족과 혼인관계를 맺어 큰 세력을 형성한 안동 권씨 집안의 후손으로, 증조모인 조 씨는 조인규의 손녀이며, 어머니 이 씨는 고려의 성리학자인 이제현의 증손녀라는 대목이었다. 그러나 그녀의 아버지는 종 4품의 벼슬인 약정에 불과했다.

"그런 여자 이 나라에 쌔고 쌨는데 그게 이유가 되나요? 혹시 이 나라의 모든 여인을 첩으로 취하고자 함이 아닌가요!"

"그렇지 않으면…."

대답이 궁했는지 방원이 다시 쭈물거렸다.

"명색이 사내대장부라고 호언장담하던 사람이 왜 이럽니

까. 그냥 어린 것이 밤일을 잘하기에 밤마다 끼고 살아야 한다고 인정하세요. 혹은 궁인 신 씨를 정식으로 첩으로 맞으려 한다고 솔직하게 말하세요."

방원의 얼굴이 급격하게 붉게 물들어갔다.

"그것까지는 좋다고 쳐요. 그런데 왜 내 어머니까지 못된 사람으로 몰아붙이는지 그 이유를 말해보세요!"

"그야, 내가 아니라 신료들이…."

"뭐라고요! 신료들이 내 아버지라도 되는가요! 그렇지 않다면 그들이 어찌 어머니의 말을 곧바로 인용할 수 있는가요! 그리고 어머니께서 나도 모르는 그런 말을 했다고 누가 이야기하던가요!"

방원이 이렇다 할 대꾸를 하지 못하고 얼굴만 울그락불그락하였다.

"씨알도 먹혀들지 않을 것 같지만 내 다시 한번 이야기하겠어요. 주상이 언급했듯이 이 나라는 주상 혼자 세운 나라가 아니니만큼 반드시 그 사실을 유념하기 바랍니다!"

"당시 그 일로 권 씨를 비나 빈으로 맞아들이는 일을 저지했네. 또한 당시에 말이 없던 상왕(정종)께서도 심하게 질타

하고 나섰지. 그러나 내가 죽게 되면 역시 그 일에 대한 보복으로 권 씨에게 반드시 비나 빈으로 작호를 줄 거라 믿네. 아니지, 반드시 그리 될 거라 믿네. 그렇지 않으면 상왕이 아니지."

"그러면 그렇게 일이 마무리되었는지요?"

여인이 말해놓고 조심스럽게 왕후의 눈치를 살폈다.

"자네들은 어찌 생각하는가. 그 정도 선에서 일이 끝났으리라 보는가?"

"절대 그런 식으로 일이 마무리될 것 같지는 않습니다. 워낙에 상왕의…."

이번에도 여인이 반응을 보였다.

"당연한 일이지. 내 아버지를 빠트릴 수 없지."

"그 일을 예측하고 있었지만 어떻게 연루시켰는지요."

"그를 위해 사료에 실려 있는 대목 인용하네. 그 일로 인해 조정의 뜻 있는 선비들이 들고 일어났는데, 그 기록이야."

『1402년 4월 내서 사인 이지직과 좌청언 전가식이 상소한 내용으로 그 중 핵심이다.

전하께서는 의복과 어가가 아름답고 화려한 것을 매우 좋아하여 케도를 따르지 아니하시고, 대간의 말이 어쩌다가 뜻에 거슬리면 엄하게 견책을 가하시며, 매와 개를 좋아하고 성색을 즐겨 하심이 아직도 여전하십니다. 이것이 곧 신민들이 실망으로 여기는 것이옵니다. 엎드려 바라옵건대, 전하께서는 검약을 숭상하시고 방탕한 욕심을 경계하시며, 간쟁을 받아들이시고 희노(喜怒)를 삼가시어 날이 갈수록 조심하십시오.』

사인은 조선 초에 문하부에 소속된 정 4품의 벼슬로 이들이 올린 내용을 살피면 보위에 오른 지 얼마되지 않은 태종에게는 상당히 파격적이었다. 이 부분에서 성색을 즉 음악과 여색을 즐긴다는 대목에 한하여 이방원의 처리 내용 인용한다.

『1402년 5월 11일 실록 내용이다.

권가식에게 곤장을 치며 신문하기를,
"음악과 여색을 즐긴다고 한 말은 틀림없이 가리키는 바가 있을 것이니, 숨기지 말고 솔직하게 말하라."
하니, 권가식이 말하기를,
"이렇게 국문하니, 감히 솔직하게 말하지 않을 수 있겠습니까."

하고, 자신이 직접 공초 내용을 쓰기를,

"전하께서는 정실 부인에게서 태어난 아들이 많은데도 또 권씨를 맞이하셨으니, 이는 전하께서 여색을 좋아하는 마음이 있기 때문입니다. 그리고 그 권씨를 한꺼번에 맞이해 오지 않았으니, 뒷날에 구실 삼아 말하는 자들이 권씨를 잉첩이라고 하지 않고 정실이라고 하지 않으리라고 어찌 장담하겠습니까.

이에 대해 조기에 잘 생각해 보지 않아서는 안 됩니다. 하물며 귀감으로 삼아야 할 일이 멀지 않은 날에 있었던 데야 더 말할 나위 있겠습니까. 그래서 음악과 여색을 즐긴다고 말해서 슬며시 풍자한 것이고, 감히 그 사실을 드러내어 말하지 못했을 뿐입니다."

하였다. 또 신문하기를,

"이 일은 틀림없이 사주한 자가 있을 것이니, 숨기지 말고 솔직하게 말하라."

하니, 전가식이 말하기를,

"신이 간관이면서 어찌 남의 말을 듣고 하였겠습니까."

하였다. 재차 국문하니, 전가식이 말하기를,

"어느 날 신의 은문(恩門, 스승)인 여흥부원군 민체의 집에 가서 이 일을 고하니, 여흥부원군이 '너의 말이 옳다.'라고 대답하였습니다."

하였다.』

  * 상기의 내용 중에 상당히 애매한 부분이 있다. '그 권씨를 한꺼번에 맞이해 오지 않았으니, 뒷날에 구실 삼아 말하는 자들이 권씨를 잉첩이라고 하지 않고 정실이라고 하지 않으리라고 어찌 장담하겠습니까.'라는 대목이다.

  동 문장의 원문을 살피면 '格之不同時, 安知後日之藉口者不以爲媵, 而以爲嫡乎(격지부동시. 안지후일지자구자불이위잉. 이이위적호)?'로 되어 있다. 이는 아마도 '앞서 언급한 1처 2잉의 빈첩제에 따르지 않고 권 씨를 홀로 비 혹은 빈에 준하는 가례색을 통해 데려오는 일로 인해 후세 사람들이 그녀를 정비로 오해할 수도 있다'는 의미가 아닌가 싶다.

  이를 확대해석한다면 흥미로운 발상을 유추해 낼 수 있다. 바로 이성계와 관련해서다. 이성계의 경우 향처(신의왕후 한씨)가 존재함에도 불구하고 경처(신덕왕후 강 씨)를 두었었다. 즉 두 명의 어엿한 정식 부인이 존재했었는데, 태종 역시 이를 염두에 두었을지도 모른다는 추측이다. 그래서 이러한 상소가 이루어지지 않았을까 하는 의문 역시 일어난다.

의빈 권씨

"내용을 살피면 상당히 위험스러운데, 오죽하면 신료들이…. 그런데 마마, 그 사람들은 향후 어찌 되었는지요."

"그럼에도 불구하고 두 사람은 방면되었단다."

"혹시…."

"그래, 바로 내 아버지까지 그 일에 연루되었다는 자백을 받고 풀려난 게지. 결국 상왕은 그 일에 아버지까지 끌어들이는 쾌거를 이루게 된거야."

"쾌거라니요? 쉽게 이해되지 않사옵니다."

"우리 가문을 멸살시키기 위해서는 가장 큰 걸림돌이 내 아버지 아니겠느냐. 결국 그 일로 꼬투리를 잡은 게지."

"공갈협박으로 말이지요."

왕후의 비아냥에 대비가 그저 씁쓰레한 미소를 머금었다.

"여하튼 상왕은 그해 여름에 권 씨를 위해 대궐 북쪽에 누각을 짓고, 누각 앞에 연못을 파주어 그녀를 실질적인 후궁으로 맞이한 게야."

"신녕옹주가 뭐기에…."

"그 속을 알 길 없지. 다만 그 모든 일의 중심에는 나를 향한 지독한 복수심이 존재하고 있다고밖에 할 수 없네."

덕숙옹주 이세

덕숙옹주 이세

*
*
* "자네들, 조금 전에 상왕이 내 작호인 정빈을 두고 장난쳤다고 하였는데 혹시 이름 가지고 장난치는 사람 본 적 있는가?"

대비의 질문이 이해되지 않는지 두 사람이 서로의 얼굴을 멀뚱멀뚱 바라보았다.

"마마, 전혀 이해되지 않사옵니다."

여인이 왕후의 곤혹스런 표정을 살피며 조심스럽게 입을 열었다. 그를 살핀 대비가 한숨을 내쉬었다.

"그래, 너무나 허황된 말이라 당황하는 일도 당연하지. 그런데 실제로 그런 일이 일어났단다. 바로 상왕으로부터 말이야."

두 사람이 눈을 동그랗게 뜨고 서로를 바라보았다.

"자네들 혹시 덕숙옹주라고 들어본 적 있는가?"

"덕숙옹주요!"

두 사람이 동시에 반문했다.

"오래전 일이라 알 수 없겠구나."

대비의 말에 두 사람이 서로를 바라보며 다시 덕숙옹주를 되뇌었다.

"어머니 아명이 숙덕이지…."

왕후가 차마 말을 끝맺지 못했다. 왕후의 표정을 살피던 여인이 뒤를 이었다.

"그러면 대비마마의 아명을 비꼬아서 작호로 사용했다는 말씀이십니다."

"그러니 기막힐 일이지."

"어머니, 그건 또 어떤 비밀이 숨어 있는가요?"

"어떻게 그런 일이…."

여인의 입이 벌어진 채 닫히지 않고 있었다.

1407년 10월 11일 태상왕인 이성계의 생일을 맞이하여 태종은 덕수궁에서 태상왕에게 술잔을 올리고 다음 날 강무를 구실로 도성을 떠난다. 그리고 그날 밤 광주의 탄천에서 머물고 이후 지속적으로 강무를 구실로 서울 근교로 돌다 10월 17일 환궁하며 저자도(강남 개발로 지금은 사라졌지만 강남구 압구정동과 성동구 옥수동 중랑천 하구 사이에 있었던 삼각주 형태의 섬)에서 배를 띄우고 술판을 벌인다.

그리고 11월 2일 태상왕 이성계의 관기 출신 화의옹주의 사위 홍귀해에게 우군부사직을 수여하는 과정에 이씨(李氏)를 봉하여 덕숙옹주(德淑翁主)를 삼았다는 기록이 남아 있다. 이후 덕숙옹주에 대한 기록은 전무하다.

이를 감안하면 이방원이 강무를 구실로 한양 인근을 돌면서 이 씨를 대동한 것으로 혹은 강무 중간에 이방원의 잠자리를 위해 현지에서 제공했을 것으로 보인다. 그러나 그녀에 대한 기록이 전무한 것으로 보아 그녀는 강무 기간 중에 이방원을 위해 준비한 일시적인 땜방용이 아니었을까 추측해 본다.

"그래서 그를 묵과하셨는지요?"

"그런 일을 묵과한다면 내가 아니지."

대비가 가만히 실소를 흘렸다. 두 여인이 가만히 대비의 입을 주시했다.

"지금 와서 생각해보니까, 그녀의 존재가 갑자기 사라진 데에는 당시 내가 지나칠 정도로 거세게 몰아붙였던 게 원인으로 제공되지 않았나 하는 생각이야."

"마마, 당연히 그리하셨어야지요."

"그런데 그 위인이 당하고 가만히 있을 사람인가!"

대비가 말을 해놓고 기가차다는 투로 다시 실소를 흘렸다.

"그러면 그 일로 다시 상왕의 반격이 있었다는 말씀이신가요?"

"지극히 당연한 일인데. 우리는 왜 그 지극한 일을 감지하지 못하는지…. 그리고 당시 실정이 상당히 좋지 않았는데 말이야."

"당시에 상황이 어떠했는데요."

왕후가 조심스럽게 말을 이었다.

"상왕의 간악함이 그대로 드러난 게지."

짧게 말을 마친 대비가 잠시 천장을 바라보다 다시 입을 열었다.

"그 당시 내 동생인 무구와 무질이 양녕을 너무 싸고 돈다고 하찮은 일을 대역죄로 둔갑시켜서 죽이고자 한 일이지. 두 동생이 양녕을 제외한 다른 왕자들을 죽이려 했다는 죄목을 씌워서 죽이려고 한 거야."

"마마, 그게 말이 되는가요!"

"상왕이니까 가능하지. 여하튼 두 동생을 죽이려고 했는데 차마 아버지께서 생존해 계시니까, 그래도 인간의 탈은 쓰고 있다고 위장하기 위해 죽이지 않고 아니, 잠시 수명을 연장

덕숙옹주 이씨 257

시키려고 귀양을 보냈지."

대비가 잠시 말을 멈추고 한숨을 내쉬었다.

"그런 와중에 아우 무질의 아내를 위로해주기 위해 밤이 깊은 시각에 궁궐로 불러들였던 일이 화근이 되었어."

"그 일이 어떻게 상왕의 귀에 그리고 그게 그리 문제 될 수 있나요. 다른 사람도 아니고 동생의 아내인데."

"정상적인 사람들에게는 전혀 문제의 소지가 없지. 그래서 나 역시 동생의 처를 부른 건데. 그런데 상대는 상왕이었던 거야."

"어머니, 그래서요?"

"구차하게 내 입으로 이야기하는 거보다 그날의 기록을 살펴보자고."

『태종 7년(1407) 11월 10일 기록이다.

청비가 민무질의 처를 궁중에 불러들인 것이 문제 되다

청비전에 입번(入番)하는 내관 이용·수문 내관 안순·박청부·김인봉과 사약(司鑰) 김의 등을 순금사의 옥에 가두고 벌을 차등 있게 주었다.

전달에 임금이 강무의 행차가 있었는데, 청비가 궁비 좌이를 시켜 민무질의 커 한 씨를 불러서, 미복 차림으로 중궁에 들어와 자고 나갔다. 이때에 이르러 임금이 알고, 사헌부에 명하여 조사하여 사실을 알아내게 하였다. 장령 탁신(卓愼)이 장(狀)으로 아뢰니, 임금이 말하기를,

"내가 이미 순금사에 가두었으니, 다시 묻지 말라!"

하였다. 순금사에서 이용 등의 옥사를 갖추어 율에 비추어 아뢰었다.

"컨 검교 지내시부사 김인봉은 공술하기를, '지난 10월 12일에 강무의 거둥이 있은 뒤, 14일 초커녁에 이르러 중궁께서 무수리 좌이를 시켜 명령을 컨하기를,「미미한 일가 여자가 들어오는 자가 있을 것이니, 금하지 말라.」고 하시었습니다.

김인봉이 이 명령을 듣고 동판부사 이용에게 고하니, 이용이 대답하기를,「중궁에서 명령이 있으면 금하지 말라.」고 하였습니다. 조금 있다가 좌이가 바깥에서 부인을 인도하여 들어왔습니다. 이튿날 꼭두새벽 달이 지기 컨에 궁문이 열리니, 좌이가 또 그 부인을 데리고 나갔습니다.' 하였고, 이용은 공술하기를, '보통 사람의 의복 차림을 하고 들어왔습니다.' 하였고, 김인봉은 또 말하기를, '중궁의 명령이 있었던 까닭으로 그 출입에 대하여 금하지 않았습니다.' 하였습니다.

위의 두 사람을 율에 준하면, 임의로 궁문에 들어온 자는 장(杖) 60대에 도(徒, 중노동) 1년이고, 문지기·시위관으로서 고의로 놓아준 자는 각각 범죄한 사람과 죄가 같고, 깨달아 살피지 못한 자는 3등을 감하여 장 80대입니다.

검교 동지내시부사 안순은 공술하기를, '지난 10월 15일 파루 뒤에 검교 첨내시부사 박성부가 사람을 시켜 궁문을 열라고 전하여 말하기에, 내가 대답하기를,「때가 아니 되어 열 수가 없다.」고 하였더니, 박성부가 또 스스로 와서 말하기를,「중궁에서 명령이 있으니, 빨리 숯불을 들여가고 문을 열라.」고 하였습니다.

그러므로 평상시의 예보다 일찍 열었습니다.' 하였고, 박성부는 공술하기를, '한 시녀가 안에서 소리쳐 말하기를,「빨리 문을 열고 숯불을 가져오라.」고 하였습니다. 그러므로 이 말을 안순에게 고하였습니다.' 하였습니다.

위의 두 사람의 죄를 율에 준하면, 문금쇄약조(門禁鎖鑰條)에 이르기를, '황성의 문을 때가 아닌데도 마음대로 여는 자는 교형에 처하고, 왕지가 있어서 문을 여는 자는 논하지 않는다.' 하였고, 명례(名例)에는 이르기를, '함께 죄를 범한 자는 생각을 낸 자가 주범이 되고, 그를 따른 자에게는 1등을 감하여 장 1백대에, 유배형 3천 리에 처한다.' 하였고, 중궁의 명령으로 궁전의 문을 열고 닫은 자에 이르러서는 율에 그런 글이 없습니다. 김의는 그날 저녁에 연고가 있어 입직하지 못하였습니다."

임금이 읽어 보고, 위의 사람과 김의 등은 모두 장 60대에 처하고, 이용은 늙고 병들었으므로 속(贖)을 거두도록 명하였다. 임금이 지신사 황희에게 이르기를,

"내가 일찍이 중궁에게 민무구 등의 불충한 음모와 장래의 화를 되풀이하여 깨우쳐 타일렀더니, 중궁이 남김 없이 모두 알고서, 분이 나서 이를 갈며 절대로 구원하거나 보호할 생각이 없다고 하며 말하기를, '부모님 생전에나 목숨을 보전할 수 있으면 족하겠습니다.' 하였다. 그러나 부인의 어진 마음으로 차마 갑자기 끊지 못하고, 지금 강무하는 틈을 타서 몰래 민무질의 아내를 불러 궁중에 출입하게 하였다. 그 사이의 상황을 추측하기가 어려우니, 어떻게 처리할까?

아무리 생각하여도 그 묘안을 얻지 못하겠다. 한두 사람의 환관과 시녀로 하여금 시중 들게 하여 그대로 이 궁에 두고, 나는 경복궁으로 옮겨 거처하여 겉으로 소박(疎薄)하는 뜻을 보여, 뉘우치고 깨닫도록 하고자 한다. 그러나 폐하여 내버릴 생각은 없다."

하니, 황희가 대답하기를,

"인군의 일거일동은 경솔하고 가볍게 할 수 없습니다. 신의

어리석은 생각으로는 심히 불가하다고 생각합니다."

하였다. 임금이,

"내가 다시 생각해 보겠다."

하고, 드디어 다시 말하지 않았다.』

"마마, 도대체 상왕께서는 왕후란 직책을 어떻게 생각하는지 모르겠어요."

"왜 그런 생각 일어났느냐?"

"글을 살피면 '중궁의 명령으로 궁전의 문을 열고 닫은 자에 이르러서는 율에 그런 글이 없습니다.(至於以中宮之命, 開閉宮殿門者, 律無其文)'라고 하였는데, 결국 왕후란 직책 역시 왕과 동일선상에 있기에 법에도 없다는 뜻으로 해석되어 그러합니다."

"어머니, 제 생각도 사돈과 동일합니다. 그리고 날이 추우면 저 역시 내관을 시켜 숯불을 들이고는 했는데 그 일로 트집 잡는 경우는 정말 이해하기 힘듭니다."

"자네들이 제대로 지적했네. 그야말로 상왕의 생트집이지, 생트집. 어떻게든 나를 그리고 내 친정을 옭아매기 위한 비열한 장난질인 게지. 그 사람에게는 비정상적인 일이 정상으로 비쳐지는 게야."

"그 역시 상왕이 지니고 있는 나쁜 타성으로 간주해야겠네요."

"그렇다고 봐야지 않겠느냐."

왕후가 가만히 고개를 끄덕였다.

"그런데 마마, 잘 이해되지 않는데. 상왕께서 소박하는 뜻을 보이겠다 하였는데 그 말이 구체적으로 무엇을 의미하는가요?"

"그 말은 결국 나를 폐하겠다는 의미 아니겠느냐."

여인이 아리송한 표정을 지었다.

"그런데 말이다. 그 상황에서도 상왕의 인간성에 방점을 찍는 일이 또 발생했단다."

"네!"

두 여인이 동시에 입을 벌리고 다물지 못하고 있었다.

숙의 최씨

숙의 최씨

*
*
*   "이 인간이 아버지께서 돌아가시자 곧바로 두 동생을 제거했어. 그리고 우리 부부는 완벽하게 갈라서게 된 거야."

잠시 말을 멈춘 대비의 눈가로 미세하게 눈물이 흘러내렸다.

"상왕이 바라던 바대로 일이 이루어진 거지. 그래서 그 이후부터는 물 만난 고기처럼 여인들을 농락하기 시작했지. 그런데…. 내 입으로 말하는 것보다 그 기록을 살피는 게 오히려 이해하기 편하겠지."

『태종 12년(1412) 6월 23일 기록이다.

중궁이 해산을 하자 문성군 유양과 좌대언 이관 등에게 내구마를 하사하다

문성군 유양, 좌대언 이관에게 내구마(임금이 하사품으로 내리는 말) 각각 한 필을 내려 주었다. 이 앞서 중궁이 해산을 하였

는데, 임금이 김여지에게 일렀었다.

"중궁이 매양 난산하는 병이 있어서 내가 걱정하였더니, 이제 경 등이 성의 있게 약을 공급함에 힘입어서 근심이 없으니, 내가 심히 기뻐한다. 검교 한성 윤 양홍달·검교 참의 양홍적·전 판전의감사 조청 등이 지은 약이 효험이 있었으니, 각각 쌀 10석을 내려 주고, 전의 주부 김토·부사직 이헌에게 쌀 각각 5석을 내려 주라."

유양과 이관은 감제(監劑, 약을 잘 보살피어 지음)하는 데 공이 있었던 까닭으로 이러한 하사가 있었다. 또 중관 노희봉에게 저화 1백 장을 내려 주었으니, 또한 근로한 때문이었다. 대언사에 전지하기를,

"금년에 아들을 낳으면 점쟁이가 말하기를, '아이의 한도가 있다.'고 하니, 마땅히 딴 곳에서 양육하여야 하겠는데, 누가 자식이 없어서 기를 만한 자인가?"

하니, 지신사 김여지가 대답하였다.

"권완·양수·황자후가 모두 자식이 없습니다."

임금이 말하였다.

"권완은 노비가 많으니, 인심이 반드시 이것 때문이라고 할 것이고, 양수는 바야흐로 부임 중에 있고, 황자후는 여성군의 아

들을 기르고 있으니, 모두가 당치 않다."

김여지가 또 말하기를,

"염치용도 또한 자식이 없습니다. 성비(태조 이성계의 후궁인 성비 원 씨로 1406년 태종에 의해 성비로 책봉되었음)컨은 어떻습니까?"

하니, 임금이 말하였다.

"성비컨이 가하다."』

"이, 이게…."

두 여인의 얼굴에 당혹감이 가득 들어찼다.

"성녕대군이 태어났을 때도 안 했던 짓거리를…. 자네들이 생각해도 기가 막히지."

"1412년이면 어머니 연세 47세고 또 효령대군의 정순, 경정, 경안 딸들은 제쳐두더라도 아들인 이채도 그 전해에 태어났는데…."

왕후가 더 이상 말을 잇지 못하고 그저 입만 벌리고 있었다.

"마마, 도대체 이러는 이유가 무엇인가요?"

"낸들 그 이유를 명확하게 알겠는가. 그저 그러려니 해야지. 여하튼 잠시 전 내가 이야기한 것처럼 그 전해인 1411년에 일찍이 정의궁주를 빈으로 맞이하려다 못한 일을 그대로 시행하였어. 정식으로 1처 2첩의 제도를 시행하였지."

"명빈 김씨와 소혜궁주 노씨 그리고 숙공궁주 김씨를 들인 일을 말씀하시는 거군요."

"그 사실은 알고 있구나."

"명빈으로부터 얼핏 이야기 들어 알고 있습니다. 그러면 그 해 태어난 아이는 이 세 사람 중에 한 사람의 아들…."

왕후가 말하다 말고 고개를 갸웃거렸다. 세 사람에게는 태종과의 사이에 태어난 아들이 없음을 알아챘기 때문이었다.

"중전은 왜 그리 생각하는고?"

"당시에 정식으로 들인 사람은 세 사람이기에 그리 생각했는데 막상 생각해보니 세 사람에게는 아들이 없사옵니다."

"그러면 상왕의 말처럼 정말 내가 낳은 아이일까?"

"어머니, 너무…."

왕후가 더 이상 말을 잇지 못했다.

"상대가 상왕이라고 하지 않았느냐?"

"그러면 혹시 다른 여인이…."

이번에는 여인이 호기심 가득한 표정을 지었다.

"상왕이 그를 법제화하여 정식으로 첩을 들이는 과정에 다른 여인을, 최씨 성을 가진 여인(후일 숙의 최씨)을 취한 거야. 그리고 그 해 아들 이타(李袉, 후일 희령군)를 낳은 거지."

"그 사람은 또 누구인데요?"

"내가 어찌 알겠느냐. 아마도 상왕은 어디서 여인네를 찾아오는 데 특별한 재주를 가지고 있는 모양이지."

"그러면 그 여인도 아들이 태어나지 않았으면…."

"도대체 상왕은 얼마나 많은 여인을 취했는지 의심스럽습니다."

여인에 이어 왕후가 한탄조로 말을 이었다.

"그에 대한 진실은 오로지 상왕만이 알고 있을 일이지."

"마마, 세 여인 중에 명빈에 대해서는 후에 말들이 많았던 것으로 기억하고 있습니다."

"빈에 위치한 유일한 여인이기에 상왕이 나름 열과 성을 기울였지. 남의 눈치 보느라 그에 합당한 대우를 해주지 않을 수 없었을 거야. 그래서 그녀가 거주하는 곳을 가리켜 명빈전이라 일컫고 또 여러 명의 시녀를 하사했지."

"그런데 그녀에게는 지금까지 자녀가 없는데, 그 이유는 무엇인가요?"

"방금 내가 여러 명의 시녀를 명빈전에 두었다고 하지 않앉느냐. 그런데 그 시녀들이 누구인지 알겠느냐?"

두 사람이 고개를 가로 흔들었다.

"그곳에 보낸 시녀들은 모두 창기였어, 기생들."

"창기들을 시녀로 보냈다고요!"

"그러면 명빈전 또 명빈의 역할이 무엇인지 감이 잡히지 않겠느냐."

"그런데 마마, 말씀 들어보니 조금 이상한 생각이 드옵니다."

"주저말고 말해 보거라."

"당시까지는 밤일에 주력한 듯 보이는데 그 이후로는 상왕의 흥미가 변화하고 있는 게 아닌가 하는 생각이옵니다."

"방법의 다양성이 아니겠느냐?"

"다양성이라니요?"

"여러 여인들과 여러 방식으로 즐겼다고 하는 게 정확한 표현이겠지."

"그건 변태 아닌가요!"

여인이 말소리를 올리며 왕후를 바라보았다. 왕후의 얼굴이 발갛게 물들어가고 있었다.

혜선옹주 홍씨

혜선옹주 홍씨

*
*
* "이왕 말이 나온 김에 창기 이야기해보자꾸나."

"창기라면 혹시 혜선옹주(惠善翁主) 홍씨를 언급하는 게 아닌지요?"

여인이 조심스럽게 말문을 열었다.

"자네가 어찌 그 여인을 알고 있는가?"

"외람되지만 한양 사는 사람들은 그녀에 대해 모두 알 것입니다. 보천(甫川, 경상북도 예천) 출신의 기녀 가희아로 상왕의 총애를 받는다는 소문이 자자합니다."

"그러면 그 여인이 처음 등장할 당시의 일도 알고 있느냐?"

"처음이요?"

여인이 그 일에 대해서는 미처 알고 있지 못하다는 듯 말끝을 올렸다.

"그 여인은 상왕이 명빈전에 창기들을 하사할 당시부터 키운 여인이야. 그때 그녀에게도 거문고와 가야금 등 악기 연주와 노래와 춤을 배우도록 특별히 지시내린 거야."

"그런데 왜 상왕은 하필 그녀를…."

"자네가 지난날 저잣거리에서 발생한 일을 알고 있는 모양이로구나."

"그 일은 저뿐만 아니라 모두 알고 있습니다."

"도대체 무슨 일이 있었기에…."

"중전은 당시 어렸던 관계로 그 일을 잘 모르겠구나. 실록에도 기록될 정도의 일인데 말이야. 내친김에 실록의 기록 인용해보자꾸나."

『1407년 12월 기록이다.

대호군 황상을 파직시키고, 갑사 양춘무 등 네 사람을 수군에 편입시켰다.

처음에 황상이 기생 가희아를 첩으로 삼았는데, 총제 김우도 또한 일찍이 가희아와 정을 통하였었다. 동짓날 내연이 파하자, 가희아가 궁문을 나와 황상의 집으로 돌아갔는데, 김우가 부하 갑사와 종들을 보내어 길에서 기다리다가 탈취하려 하였으나 붙잡지 못하고, 뒤쫓아 황상의 집에 이르러 수색하였으나 또한 잡지 못하였다.

이튿날 황상이 가희아로 하여금 말을 타고 종을 거느리고 저잣거리를 지나가게 하였는데, 김우가 또 갑사와 종들을 보내어 기다리게 하므로, 황상이 말을 달려 몽둥이를 가지고 쫓으니, 갑사와 종들이 모두 흩어지고, 구경꾼이 담장처럼 늘어섰다.

　도로에서 말이 컨해져 소문이 났으나, 핵문하는 자가 아무도 없었다. 임금이 듣고 사헌 지평 김경을 불러 명령하였다.

　"내연에 참여하는 기생을 간혹 제 집에 숨겨 두고 제 첩이라 하여, 항상 내보내지 않는 일이 있다. 내가 일찍이 얼굴을 아는 기생도 내연에 혹 나오지 않는 자가 있었다. 연회에 결원이 생기는 것은 말할 바가 없고, 제 집에 숨겨 두고 첩으로 삼는 것은 무어라 말하겠는가! 너는 마땅히 거론하여 탄핵해 아뢰라."

　수일이 지난 뒤에 장령 탁신을 불러 명령하였다.

　"이제 들으니, 기생의 연고로 말미암아 탄핵을 당한 자가 많다고 하는데, 전날 내가 말한 것은 여러 해 동안 제 집에 숨겨 두고 외출하지 못하게 하는 자를 가리킨 것이고, 조정 관리들이 기생을 첩으로 삼지 못한다고 말한 것이 아니었다. 김우는 이미 출사하게 하였으니, 너는 마땅히 이를 알라!"

　탁신이 아뢰기를,

　"김우의 죄는 대저 대낮에 큰길 가운데서 금군을 보내어 싸움을 시켰으니, 이 버릇이 자라고 그치지 않는다면, 후일에 난을 꾸미는 데 이용하지 않겠습니까?"

하니, 임금이,

"김우는 공신이니 치죄할 수 없고, 꾀어서 나쁜 짓을 하도록 이끈 자를 핵실하여 아뢰라!"

하였다. 헌부에서 아뢰었다.

"지난 11월 12일 밤에 김우가 자기 소관인 갑사 가운데 기병·보병 30여 명을 보내어 황상의 집을 포위하고, 갑사 나원경·고효성 등이 곧장 황상의 내실에 들어가 기생첩 가희아를 찾았으나 잡지 못하니, 그 의장을 취하여 갔습니다.

이튿날 김우가 다시 구종과 조례를 보내어 가희아를 빼앗아 오게 하여, 수진방(현 종로 수송동과 청진동 부근) 동구에 이르니, 황상이 듣고 말을 달려 몽둥이를 가지고 추격하여 가희아를 뒤쫓았습니다.

이리하여 김우가 즉시 주번 갑사 양춘무·고효성·박동수 등 10여 명과 사반(私伴, 사적으로 부리는 수하) 20여 명을 선발하여, 몽둥이를 가지고 황상과 더불어 서로 싸웠는데, 양춘무가 황상을 쳐서 은대가 깨어져 떨어지게 하였습니다.

신 등은 생각건대, 군정은 엄한 것을 주장으로 삼아 각각 그

분수를 지킨 뒤에야, 상하가 서로 편안하고, 계급 사이에 서로 능멸하거나 범하지 아니하여, 위에서는 능히 명령을 내고 아래에서는 잘 복역하게 되어, 그칠 줄 모르는 근심이 영원히 없어질 것입니다.

김우는 미천한 집안에서 출신하여 별로 재주와 덕이 없는데, 후하게 주상의 은혜를 입어서 벼슬이 총제에 이르렀으니, 날로 더욱 근신하여 주상의 은혜를 갚기를 도모하는 것이 바로 그 직분일 터인데, 의리를 돌보지 않고 불법한 짓을 자행하여 마음대로 금군을 발하여 남의 첩을 빼앗았으니, 이것이 큰 난의 근원이라는 것입니다.

양춘무 등은 금군이 된 몸으로 도리어 김우의 개인적 원한에서 나온 명령을 따라, 밤에 황상의 집을 포위하였고, 또 길거리에서 그와 격투하여 그 은대를 쳐서 떨어뜨렸으니 실로 부당합니다.

황상은 작지 않은 3품관으로서 몽둥이를 가지고 말을 달려 조정길에서 기생첩을 다투었으니, 빌건대, 김우의 직첩을 회수하고 그 죄를 밝게 바루어서 난의 근원을 막으시고, 양춘무·고효성·박동수·나원경은 직첩을 회수하고 율에 의하여 논죄하고, 황상도 또한 정직시켜서 선비의 풍습을 고치게 하소서."

임금이 명하기를,

"황상은 파직시키고, 양춘무 등 네 사람은 각각 본향의 수군에 편입하고, 가희아는 장(杖) 80대를 수속(收贖, 죄인이 죄를 면하기 위해 바치는 돈을 거두어들임)하게 하고, 김우는 공신이니 거론하지 말라."

하니, 사헌부에서 또 아뢰었다.

"김우는 작년에 강계 병마사로 있을 때에 탐욕을 자행하였고, 체대(遞代, 보직이 변경됨)를 당하여 서울로 올라올 때에 수하들을 많이 거느리고 역참마다 유숙하면서 개와 닭을 도살하여, 폐해가 백성에게 미쳤으므로, 본부에서 그 죄를 청하였는데, 전하께서 그 작은 공로를 취하시어 내버려두고 논하지 말게 하셨으니, 진실로 마땅히 허물을 고쳐 스스로 새 사람이 되어 주상의 은혜를 갚기를 도모해야 할 터인데, 전의 마음을 고치지 않고 스스로 생각하기를, '비록 죄를 짓더라도 반드시 은유(恩宥)를 입으리라.' 여기고, 강포한 짓을 방자히 하여 임의로 금병(禁兵)을 발하여 밤중에 남의 집을 포위하고, 그 기생첩을 강탈하여, 대낮에 조로에서 떼를 지어 난동을 부리기에 이르렀으니, 정상과 범죄가 심중합니다. 만일 또 죄책을 가하지 않으면, 지난 일을 징계하는 바가 없어 뒷날에는 장차 못할 짓이 없을 것입니다. 빌건대, 김우를 한결같이 전일에 말씀 드린 바와 같이 시행하소서."

소가 올라가니, 대내에 머물러 두었다.』

"이 과정에서도 상왕의 치부가 드러나고 있어. 그게 무엇인지 알겠니?"

대비가 왕후를 바라보았다.

"황상보다 김우의 죄가 더 심한 듯 보이는데 황상만 파직시키고 김우는 공신이기 때문에 거론하지 말라는 지시는…."

"그래. 그런데 황상이 누군지 아느냐?"

"그 사람도 혹시 공신 반열에…."

"그 사람 역시 개국공신인 황희석(黃希碩)의 아들이란다."

"그런데 왜?"

"한마디로 제 입맛에 달린 거지. 황상이 개국공신의 아들인 데 반해 김우는 상왕이 보위에 오를 당시 공헌한 인물이거든."

"역시 상왕답네요."

"그래서 이현령비현령(귀에 걸면 귀걸이 코에 걸면 코걸이라는 뜻)이란 말이 생겨난 모양이다."

"그러면 상왕은 결국…."

왕후가 차마 말을 잇지 못하고 있었다.

"주저하지 말고 말해 보거라."

"신료들의 여자 그것도 다른 사람이 아닌 기생을 빼앗은 꼴이지요."

왕후가 말을 잇지 못하자 여인이 입을 열었다.

"그런데 그 일만 있던 게 아니란다."

"네!"

"옹주에 봉하기 전에 또 우스꽝스러운 일이 있었어."

"혹시 한성부의 의막(依幕. 임시로 거처하도록 만든 천막)을 내려 주었던 일을 말씀하시는지요."

"자네는 알고 있구먼. 자네가 중전에게 이야기해주게."

여인이 왕후에게 시선을 주었다.

"아마도 옹주로 책봉되기 전 해일 겁니다. 가희아가 직접 상왕에게 한성부에서 공공의 일로 쓰려고 설치했던 막사를 자신에게 달라고 졸랐는데, 상왕께서 한성부의 의중은 묻지도 않고 그녀에게 하사하였지요."

"도대체 이해 불가합니다."

왕후가 허탈하다는 듯 한숨을 내쉬었다.

"마마, 상왕께서 그녀를 위해 향교동에 신전까지 세워주지 않았습니까?"

"그야 물론이지. 그 일로 인해 신료 중 한 사람이 상왕의 그동안의 행적을 싸잡아 문제 제기하고 나섰네."

대비가 잠시 말을 멈추고 가늘게 한숨을 내쉬고 말을 이었다.

"상왕은 아랫 사람들의 시선은 전혀 아랑곳하지 않고 뻔뻔하게도 그러한 사실을 기록으로 남겨두었지."

『태종 18년(1418) 7월 6일 기록이다.

교서 교감 방문중을 컨옥서에 가두었다. 방문중이 상서하여 진언하였는데, 대략 이러하였다.

"경비와 명빈이 각각 양전을 설치하여, 빈으로서 척비(嫡妃, 원경왕후)와 나란하게 함은 신의 이해할 수 없는 첫째요, 궁중에 창기를 많이 불러들이는 것이 신의 이해할 수 없는 둘째요, 후궁을 총애하여 큰 집을 많이 지어서 '신컨'이라 칭함이 신의 이해할 수 없는 셋째입니다.

--- 중략 ---

임금이 이를 읽어보고, 승정원에 보이면서 말하기를,

"나의 충신은 오로지 방문중뿐이다. 만세 후에 내가 어찌 죄를 벗어나겠느냐? 대언 등은 이것을 보라."

하니, 모두 깜짝 놀랐다. 방문중을 직접 불러 하교하기를,

"이런 따위의 조건은 내가 하지 않은 일인데, 무슨 마음을 가지고 진술하였는가? 내가 만약 이런 일이 있다면, 네가 비록 말하지 않더라도 사관의 기록에는 벗어나지 못할 것이다."

하니, 여러 대언이,

"방문중이 컨하의 없는 일을 가지고 망령되게 스스로 진언하였으니, 빌건대, 하옥하여 국문하소서."

하였다. 임금이,

"내가 처음에 중외(中外)에 명령할 때 말이 혹 척중하지 않더라도, 또한 죄를 더하지 않겠다고 하였으니, 이제 어찌 국문하겠느냐? 놓아 두고 묻지 말라." 하였다.

--- 하략 ---』

"어머니, 그야말로 손바닥으로 하늘을 가리는 격입니다. 그런데 방문중은 정말로 무사하였는가요?"

"아직도 상왕의 실체를 모르느냐?"

"그래서, 상왕의 습성을 살피면 절대로 그냥 넘어갈 것 같지 않아 그럽니다."

"상왕의 습성이라. 그래 상왕의 습성을 파악하였느냐?"

대비가 다시 상왕의 습성을 되뇌었다.

"남들의 행위에 관용을 베푸는 척하면서 신료들의 간청으로 마지못해 처벌한다는 인식을 심어주는 심보지요."

"이제 중전도 상왕의 실체를 잘 알고 있구나. 결국 그 일로 방문중은 장 1백 대를 맞고 적몰하여 종을 삼았지."

"그저 죽이지 않은 일이 신기하네요."

"의정부·육조·승정원 등 모든 신료들이 극형에 처할 것을 청했지만 차마 자기가 한 일이 있으니 생색내는 선에서 끝을 낸 거야."

"마마, 정말 너무한다는 생각 일어납니다."

"왜요?"

대비 대신 왕후가 나섰다.

"방문중이 말한 내용은 모두 사실인데, 사실을 고한 신료를 처벌하다니 참으로 이해하기 곤란합니다."

"그 과정에 정말 우스꽝스러운 일이 있었는데 무엇인지 아느냐?"

여인에 이어 대비가 입을 열었다. 왕후의 눈이 동그랗게 변해갔다.

"홍 씨에게 신전을 지어주고는 상소가 올라오자 홍 씨를 궁으로 들이고 그런 일이 없다고 잡아뗐단다."

숙의 이세

숙의 이씨

*
*
* "그런데 마마, 지난해에 태어난 이간(李衎, 후일 후령군)의 어머니의 모습은 통 볼 수 없던데요. 혹시 무슨 일이라도 있는 건가요?"

대비가 왕후에게 시선을 돌렸다.

"그 일은 중전도 잘 알고 있을 터이니 중전이 대답해주게나."

왕후가 다소 당혹스럽다는 표정을 지었다.

"어머니, 저 역시도 상세한 사정은 잘 알지 못하고 있습니다."

그 말에 대비가 가만히 혀를 찼다. 그 모습을 살피던 왕후의 얼굴에 어두운 그림자가 스쳐 지나갔다.

"중전은 오해하지 말게나. 내가 혀를 찬 이유는 바로 상왕의 후안무치 때문이라네."

말을 맺은 대비가 다시 혀를 찼다. 그 이유를 알게 된 왕후의 표정이 다시 원위치로 돌아가고 있었다.

"그보다도 그 아이가 태어나기 전해인 1418년에 무슨 일이 있었는지 아느냐?"

"그때 성녕대군께서 돌아가시었잖아요."

왕후가 말을 마치고 뭔가 직감이 왔다는 듯 가볍게 탄성을 내질렀다.

"인간의 탈을 쓰고 있다면 차마 그럴 수는 없는 노릇이지. 그 귀한 아들이 죽은 그 순간에도 그 짓을 하다니, 그것도 나이 50이 넘어서…."

대비가 말을 채 마치지 못하고 다시 혀를 차자 두 여인 역시 혀를 찼다.

"충녕이 보위에 오르고 사돈 어른께서 죽임을 당하시기 얼마 전에 있었던 일이네."

사돈 어른이라는 말에 왕후의 눈가가 촉촉해지고 있었다.

"아픈 몸을 이끌고 부인이 어쩐 일이오."

아들 성녕을 가슴속에 묻고 태종이 보위를 충녕대군(세종)에게 넘긴 늦가을 저녁 대비가 예고도 없이 상왕을 찾았다. 문 앞에 서 있던 궁인이 대비의 존재를 확인하자 얼굴이 순간적으로 새파랗게 변하며 안절부절못하고 있었다.

그녀의 모습에서 안에서 어떤 일이 벌어지고 있음을 확신한 대비가 궁인이 안에 뭐라 고할 틈도 주지 않고 문을 거칠게 밀치고 방에 들어섰다. 순간 상왕이 한 여인과 다정하게 술잔을 기울이고 있는 모습이 시선에 들어왔다.

"당신이 인간이오!"

대비의 목소리가 본능적으로 치솟았다. 그 소리에 상왕과 상반신을 밀착하고 있던 여인이 화들짝 놀라며 상왕으로부터 떨어지는 과정에서 머리로 상왕의 턱을 심하게 가격했다.

"뭐라! 아무리 부인이라도 감히 이 나라의 국본에게…."

상왕이 턱을 어루만지며 여인을 잠시 바라보다 순간적인 고통 때문인지 혹은 대비의 급작스런 출현에 당혹해서인지 말을 얼버무렸다.

"국본! 누가! 당신이 국본이란 말이오! 그러면 아들에게 보위를 넘긴 게 아니란 말이오!"

대비의 추궁에 상왕이 곤혹스런 표정을 지었다.

"그래서 지금도 임금 행세하는 겁니까!"

대비의 시선이 여인에게 꽂혔다. 앉은 자세도 그렇다고 선 자세도 아닌 상태에 있던 여인이 안절부절못하고 상왕의 눈치를 살폈다.

"자네가 무슨 죄가 있겠나. 내 상왕과 긴히 할 이야기가 있으니 이만 자리를 물리게나."

상왕이 여인을 물끄러미 바라보며 고개를 주억거렸다. 여인, 이 씨가 마치 기다렸다는 듯이 자리에서 일어나 슬금슬금 뒷걸음질 쳤다.

"내가 이제 알겠네요."

상왕을 바라보는 대비의 눈에 핏발이 서고 있었다.

"무엇을 알겠다는 말이오?"

"우리 성녕이 왜 이리도 허무하게 세상을 떴는지 그 이유를 알겠다는 말이오."

"뭐라, 그러면 나 때문에!"

상왕의 몸뿐 아니라 말소리 역시 떨렸다.

"당신의 패악질에 하늘이 노하신 게지요!"

"패악질이라니!"

상왕이 목소리를 높이며 자리에서 일어나며 상을 뒤엎었다. 순간 상 위에 있던 그릇들이 급격하게 바닥으로 떨어지면서 커다란 소음이 일어났다. 그를 살피던 대비가 허리를 숙여 바닥에 나뒹굴고 있는 전을 하나 집어들었다.

"지금, 뭐하자는 게요!"

"아들 보낸 지 얼마 지나지 않은 시점에 먹는 이 음식이 얼마나 달콤한지 내가 그를 알아보려 합니다."

대비가 전을 입에 넣고 오물거리다 씹던 전을 바닥으로 뱉어버렸다. 상왕의 눈이 순간적으로 동그랗게 변했다.

"내게는 당신의 쭈글쭈글한 피부처럼 느껴져 도저히 먹을 수 없겠소."

"뭐라! 내가 이걸!"

바닥에 떨어진 접시를 집어 든 상왕의 눈에서도 핏발이 서고 있었다.

"왜요, 나도 죽이려고. 그래, 더 이상 살고 싶지 않으니 나도 어서 내 아들 성녕에게 보내주오. 내가 가서 성녕에게 당신의 추악한 패악질을 낱낱이 고해야겠소!"

잠시 몸을 휘청이던 대비가 물러서지 않고 안간힘을 다해 상왕에게 다가섰다. 금방이라도 접시를 내려칠 기세를 보이던 상왕이 뒤로 물러났다.

"왜, 이제는 임금이 아니라 이년의 목숨도 끊지 못하겠소!"

상왕이 그저 부들부들 떨고만 있었다.

"한심한 사람 같으니라고,"

가볍게 한숨을 내쉰 대비가 더 이상 버티기 힘들었는지 그 자리에 털퍼덕 주저앉았다. 순간 문 밖에서 이제나저제나 방 안의 동정을 살피던 궁인이 급히 방으로 들어섰다. 들어선 궁인이 잠시 상왕의 표정을 살피고는 얼굴색이 하얗게 질려 버린 대비 곁으로 다가섰다.

"마마, 위험하옵니다. 고정하시옵소서."

이미 대비의 건강 상태가 궁내에 널리 알려져 있던 터라 궁인의 몸이 급하게 대비에게 기울었다.

"고정해서 해결될 일이… 아니야. 이 모든 일은 저 인간이 죽어야… 끝날 일이야. 그런데 저 인간은 워낙 추악해서… 저승에서도 데려가길 거부하고 있으니, 내가 먼저 가는 게 도리… 아니겠는가."

방금 전에 보였던 기세등등함은 온데간데없이 사라지고 대비의 몸이 또 말소리가 제대로 이어지지 못했다. 그를 바라보는 상왕의 표정이 심하게 일그러지기 시작했다.

"그 일 이후로 이 씨가 시선에서 멀어지기 시작했지. 그리고 이간이 태어나고 얼마 지나지 않아 이상한 소문이 돌기 시작했어."

"혹시…."

"혹시 뭐인가?"

"성녕대군의 죽음을 그녀에게 전가시켜 제거한 게 아닌가

하는 생각이 드옵니다."

여인이 조심스럽게 말을 잇자 대비가 힘없이 씁쓰레한 미소를 흘렸다.

"충분히 그럴 위인이지. 평생 제 허물을 남 탓으로 돌리고 또 사람 목숨을 파리 목숨만큼도 여기지 않는 위인이니 그런 생각 들 만도 하지."

"그러면 그게 아닌가요?"

"이간이 태어나지 않았다면 충분히 그럴 소지가 다분하지. 그런데 이간이 태어나지 않았는가. 그러니 훗날 남들의 시선이 무서워서 또 그 일이 이간의 귀에 들어갈까 보아 차마 제거하지 못하고 사가로 내쫓은 거야."

"그 여인이 무슨 죄가 있다고…"

왕후가 안쓰럽다는 듯 표정을 지었다.

"그런데 지금 돌이켜 생각해보면 내가 중전에게 미안한 마음 일어나네."

"무슨 말씀이신지요."

"그 일이 있고 나서 곧바로 사돈 어른이 죽임을 당하시지 않았나."

"그러면 상왕이 어머니에 대한 복수를…"

"복수라기보다도 본인의 자격지심이 발동했다고 보는 게 정확하지."

대비가 힘들게 말을 마치고 왕후의 손을 잡았다.

"그것도 자격지심 때문…."

여인이 의아한 표정을 지으며 왕후를 바라보았다.

"자신이 지니고 있는 무능을 보상받기 위해 남을 해코지하는 게지. 그게 그 사람의 천성인 거야. 그런데 그를 모르고 그런 사람에게 내 인생을 투자했었으니…."

"그래서 근본이 중요한 거…."

왕후가 채 말을 잇지 못하고 가볍게 혀를 찼다.

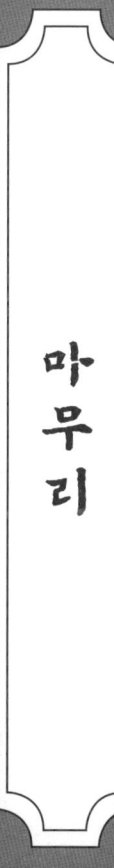

마무리

마무리

*
*
* "그런데 내가 죽어서도 상왕 곁을 떠나지 못할 것 같구나."

"그게 무슨 말씀이신지요?"

"그 사람이 머리를 써서 법제화한 거야."

"어떻게요?"

왕후의 눈이 동그랗게 변했다.

"상왕이 그와 관련하여 '내가 죽어서 중궁과 합장하고자 하는데, 구천(九泉) 아래에 동혈(同穴)하려는 계교가 아니라, 후세 자손이 성묘할 때에 여기저기 왔다 갔다 하는 폐단이 없게 하기 위함이다.'고 하면서 예조에 지시했네."

"네!"

두 여인이 동시에 목소리를 높였다.

"얼마나 가증스러운 말인가. 같이 묻히고 싶지 않은데 자손들이 번거로울까 봐 합장하고자 한다니 이 얼마나 기가 막힌 일인가."

"도대체 무슨 심사인가요?"

"훗날이 두려운 거지, 훗날이."

"후손들이 상왕의 실체를 알까 봐 그게 두려워 그런가요?"

"더하여 명색이 한 나라의 왕이었는데, 후손뿐만 아니라 역사에 부정적으로 기록될까 보아 그게 걱정스러워 그런 거야."

"그런 생각을 가지고 계신 분이, 지금도…."

"사람이 변하는 일은 쉽지 않아. 혹자는 그를 가리켜 개과천선이라는 말을 사용하고는 하는데, 권력의 맛을 들인 사람의 경우는 절대 못 벗어나지. 실례로 사돈 어른도 그러하지만 내 동생들 모두 죽인 일을 지금도 변명으로 일관하고 있잖은가. 그런데 그런 사람과 어떻게 한 장소에 묻힐 수 있다는 말인가."

"대비마마의 의중은 절대 합장은 안 하시겠다는 말씀이신지요?"

대비와 왕후의 이야기를 듣고 있던 여인이 고개를 갸웃거렸다.

"그게 가당한가. 철천지원수와 죽어서도 함께한다니…. 그래서 내가 중전에게 부탁하려 하네."

"말씀만 주십시오."

마무리

"내가 주상에게도 이르겠지만, 절대로 합장은 안 되네. 그러니 같은 장소에 묘를 쓰되 장소를 달리 하라는 말이야."

왕후가 무슨 이야기인지 알겠다는 듯 고개를 주억거렸다.

"어머니, 어머니의 고충 이제 조금 이해되옵니다. 그런 의미에서 너무나 송구한 마음 일어납니다."

"아니야, 중전이 송구할 일이 아니지. 다만…."

"어머니, 기탄없이 말씀 주세요."

"상왕으로 인해 중전의 운명 또한 순탄치 않을 듯하여 그게 걱정이라네."

왕후가 아무런 반응을 보이지 않고 가늘게 한숨을 내쉬었다.

"지금 중전의 마음 오죽하겠느냐. 그러나 과거는 과거고 앞으로의 일에 주력해야지. 그건 그렇고 내가 중전에게 당부할 이야기가 있네."

대비의 목소리도 그렇지만 온몸에서 서서히 힘이 빠져나가고 있었다.

"당부라니 당치 않습니다. 무조건 어머니 말씀 따르렵니다."

순간 여인이 두 사람의 눈치를 살폈다.

"마마, 저는 잠시 자리를 물릴까요."

"사돈, 그런 말씀 마세요. 그렇지 않은가요, 어머니."

"그래, 중전 말이 옳아. 자네가 남인가."

여인이 조신하게 고개 숙였다.

"내게 가장 중요한 일인데, 무슨 일이 있더라도 양녕에게 위해를 가해서는 안 될 일이야."

"어머니, 그야 너무나 당연한 일이 아니온지요."

"중전이 볼 때는 당연한 일이지. 그러나 상왕의 입장에서 보면 또 모르지. 그 사람 언제 또 급변할지 예측 불가거든."

"아무리 그래도, 설마 자기 자식을…."

"나도 그렇게 믿고 싶다. 그러나 워낙 조변석개하는 사람이라. 전혀 정체성이 확립되어 있지 않아 어떻게 변할지 알 수 없어."

"어머니, 주상은 그런 면에서는 상왕과 정반대 성향을 지니고 있습니다. 상왕이 아무 죄도 없는 자신의 장인을 죽이는 데도 한마디 반대도 하지 못한 위인입니다."

"그래서 왕이 될 수 있었지."

대비가 가볍게 한숨을 내쉬었다.

"여하튼 중전이 주상을 잘 보필해야 할 거야."

왕후의 표정이 심각하게 변해갔다.

"왜 그러느냐?"

대비의 질문에 왕후가 대답하지 못하고 천장을 바라보았다. 대비가 이상한 표정을 지으며 여인을 바라보았다.

"중전마마, 제가 있어서 말씀하시기 곤란하신가요?"

"그게 아니라, 상왕이…."

"하기야, 지금 상왕이 눈 시퍼렇게 뜨고 주상 위에 군림하고 있으니…. 중전도 그러하지만 주상도 참으로 난감하겠구나."

"조정의 일도 그러하지만 주로 사냥을 나가고는 하는 통에, 상왕과 일정을 함께하고 있어 주상만의 시간을 가질 수 없을 정도입니다."

"그런데, 왜 상왕이 주상을 사냥터에 대동하는지 그 이유를 아느냐?"

"주상의 건강을 위해서라고…."

"건강이라, 물론 육체적인 건강도 중요하지. 그런데 말이다. 더욱 중요한 건 정신적으로 건강해야 한다는 건데, 상왕과 함께하는 그 시간이 주상에게 정신적으로 도움이 되는지 모르겠구나."

"전혀 내색을 하지 않으니 그는 알 길 없습니다."

"여하튼 참으로 난감한 일이로구나. 본인이 지금도 왕이라는 착각에 빠져 살고 있으니. 그렇다고 쉽사리 죽을 인간도 아닌 듯한데."

대비가 두 여인을 바라보며 한숨을 내쉬었다.

"어머니, 방법이 없는지요?"

왕후가 간절한 표정을 지으며 대비와 여인을 번갈아 바라보았다.

"저…."

"묘안이 있으신 모양입니다."

여인이 말문을 열고 막상 주저하자 왕후의 표정이 간절했다.

"지금까지 대비마마께서 하신 말씀들을 듣고 순간적으로 한 가지 생각이 일어났습니다."

"어서 말해보게."

대비 역시 기다리고 있었다는 듯 말을 이었다.

"상왕께 흥밋거리를 제공하는 일이옵니다."

"흥미라면 혹시 여자…."

"그 방법이 가장 효과적일 듯합니다."

왕후가 대비를 바라보자 대비의 얼굴에서 희미한 미소가 흘러내렸다.

"어떻게 그런 생각하였는고?"

"대비마마 말씀을 듣다 보니 상왕께서는 여색에 중독 들린 듯 하옵니다. 그래서…."

"자네 말을 듣고 곰곰이 생각해보니 그 방법 외에는 없어 보이네."

대비가 힘없이 한숨을 내쉬자 왕후 역시 따라서 가볍게 한숨을 내쉬었다.

"어머니, 다른 말씀은…."

왕후의 말에 대비가 무슨 생각이 일어났는지 여인을 바라보았다.

"내 두 사람에게 간곡히 부탁할 일이 있네."

"그저 말씀만 하십시오."

여인이 똑부러지게 대답하자 대비가 왕후를 잡은 손을 놓고 여인의 손을 잡았다.

"내 목숨은 성녕의 죽음과 함께 끝나버렸네. 그런데 이 순간까지 생명줄을 놓지 못하고 있는 이유는 바로 내 어머니 때문일세. 그래서 내가 먼저 가면, 필히 내가 먼저 갈 터인데 내 어머니를 부탁하려 하네."

원경왕후의 어머니, 삼한국대부인 송씨는 그 순간까지도 생존해 있었다. 태종에 의해 자신의 아들 넷이 모두 죽임을 당한 상태임에도 불구하고 그녀는 원경왕후와 태종이 모두 죽은 1426년에 한 많은 생을 마감한다.

"마마! 그런 나약한 말씀 마세요. 어서 자리 터시고 일어나 마마께서 보살펴드려야지요."
"그래요, 어머니. 어서 쾌차하셔야지요."
연이은 두 사람의 말에 대비가 씁쓸한 미소를 지었다.
"내가 지금까지 버틸 수 있었던 이유는 상왕에 대한 복수심 때문이란 생각이 드네. 아마도 어머니께서도 그 이유 때문에 눈을 감지 못하고 계신 모양이야. 그리고 지금 내 상태를 학질이란 병 때문으로 알고 있는데 그보다 더 심한 게 바로 내가 지니고 있는 마음의 병 즉 화병으로 이는 사람의 힘으로 다스릴 수 없어. 내가 그 사실을 잘 알고 있고."
힘겹게 말을 이어가는 대비의 얼굴에서 기운이 서서히 빠져나가고 있었다. 그를 살핀 두 여인의 눈가에 미세하게 눈물이 흘러내리기 시작했다.

마무리

숙공궁주 김씨

숙공궁주 김씨

*
*
* "주상, 주상은 이 나라를 어찌 이끌어가려 하는지요?"

세종이 즉답을 피하고 잠시 생각에 잠겨들었다.

"혹시라도 태상왕의 의도대로 이 나라를 경영하려는 건 아니겠지요?"

이어진 왕후의 질문에도 세종은 묵묵부답이었다.

"태상왕의 의도는 무엇입니까? 제가 궁에 든 지 얼마 지나지 않았지만 지금까지 제 눈에 비친 바로는 오로지 자신 개인의 욕심 채우기에 급급해서 상대 가리지 않고 피바람을 불러왔지 않습니까. 한마디로 정치의 부재였습니다만."

질문을 던진 왕후 역시 생각에 잠겨들었다는 듯이 물끄러미 세종을 바라보았다. 세종이 고개 돌리며 가볍게 한숨을 내쉬고 천장을 바라보았다.

"저도 이런데 주상의 속은 얼마나 답답하겠습니까."

"너무 그러지 마시오, 그래도 내게는 아버지인데…."

"아버지라, 저는 주상이 모든 백성들의 아버지라 알고 있는데. 그런 경우 주상은 아버지의 아들과 만백성의 아버지 사이에서 어떤 선택을 해야 할까요?"

세종이 힘없이 말을 받자 왕후가 마치 기다리고 있었다는 듯 말을 이었다. 순간적으로 세종의 입에서 가벼운 신음이 흘러나왔다.

"그런데 주상의 아버지가 아버지 역할을 하지 못한다면, 그 아버지를 위해 주상을 아버지처럼 떠받드는 백성들을 나 몰라라 할 수 있습니까?"

"어떻게 그럴 수 있겠소. 그래도 아버지께서는 백성들을 위해 호패법을 실시하고 신문고를 설치하는 등 나름 업적이 있지 않습니까."

"주상, 산천초목이 웃을 일입니다. 호패법이 백성을 위한 법인가요. 저는 백성들의 고혈을 짜내기 위해 만든 편법이라 생각하는데요. 그리고 신문고…."

"신문고 설치는 긍정적으로 보아야지요."

왕후가 말을 멈추자 세종이 왕후의 생각을 읽은 듯 얼굴에 미세한 미소를 머금었다.

"주상, 오해하지 마세요. 신문고의 존재가 국가 경영의 목표가 될 수 있나요. 머리 짧은 제 소견으로는 신문고가 필요 없는 세상을 만드는 게 그게 임금의 소임이라 생각하는데, 신문고의 존재는 정치를 잘못하고 있다는 징표 아닌가요?"

"그는, 지금 조선이 건국된 지 얼마 지나지 않았으니 어쩔 수 없는…."

세종이 난처한지 말을 얼버무렸다.

"그게 무슨 말씀이신지요. 지금 조선이 건국된 지 근 30년이 되는데 얼마 되지 않았다니요."

"한 국가를 경영하는 데에는 나름 여러 고충이 있기 마련 아니겠소. 그러니 그를 두고 너무 뭐라 하지 마시오."

왕후가 가만히 세종을 바라보았다. 지금까지 시종일관 몰아붙여 그런지 세종의 표정이 편치 않아 보였다.

"주상, 제 좁은 소견으로는 근본이 잘못되었다는 판단이 일어납니다. 국가의 중심이 되고 본을 보여야 할 사람이 오히려 발전에 걸림돌이 되고 있는 게지요."

시종일관 왕후와 대화를 나누던 세종이 술잔을 만지작거렸다.

"속이 타실 터인데 잔을 비우고 저도 한잔 주세요."

왕후의 말이 끝나기 무섭게 세종이 잔을 비웠다. 그리고는 비어 있는 잔에 호리병을 기울이고 왕후에게 잔을 건넸다.

그를 바라본 왕후가 안주를 챙겨 세종에게 넘긴 후 호리병을 들어 세종의 빈 잔을 채웠다.

"주상, 이제 이 밤이 새고 나면 새로운 해가 시작됩니다. 그런 의미에서 지금까지 모든 잘못된 일들은 이쯤에서 묻어 두고 새로운 앞날을 그려나가시면 어떠하겠습니까?"

말을 마친 왕후가 잔을 들자 세종 역시 미소로 답하며 잔을 들었다.

"이왕 말이 나온 김에 중전이 하고 싶은 모든 이야기 들려줄 수 있겠소."

두 사람이 빈 잔을 내려놓자 세종이 길게 여운을 남겼다. 왕후가 역시 안주를 챙겨 세종에게 건네고 본인 역시 안주를 챙겼다.

"주상께 확인하고 싶은 일이 있습니다. 첫째는 태상왕의 본질에 관한 문제고 둘째는 시어머니 즉 대비와 태상왕과의 관계가 왜 이리도 막장으로 흘렀는지 하는 의심입니다."

"부인이 알고 싶은 일은 내 모두 설명하겠소. 그러니 어려워하지 마시고 말하세요."

두 사람이 안주를 먹고 다시 빈 잔을 채우고 나자 세종이 입을 열었다.

"먼저 태상왕의 본질 즉 주상의 뿌리에 관한 이야기입니다."

"그 일이 무슨 문제가 있다고 그리 생각합니까?"

"인간에게 있어 학습도 중요하지만 그보다도 한 인간이 지니고 있는 본질, 뿌리 역시 중요하다는 생각입니다."

"그와 관련하여 알고 싶은 사안이 무엇인가요?"

"일찌감치 돌아가신 목은 이색 대감의 죽음과 관련한 일입니다."

"그분은 할아버지께서 보위에 계실 당시 조선에 대해 부정적인 인물이라는 이유로 정도전 일파에 의해 죽임을 당했다고 알고 있습니다만."

"과연 그럴까요?"

"그러면 그게 아니라는 말입니다."

"그분이 죽임을 당했을 당시를 돌아보십시오."

"그때는 한창 조선이…."

"그러합니다. 그때는 조선이 한 국가로 당당하게 앞을 보고 나아가는 순간이었는데 그분이 왜 그리 어리석은 행동을 하겠습니까. 덧붙여서, 그분이 누구입니까. 당시 시대를 대표하는 인물 아닌지요. 그보다 더 중요한 일은 시할아버지께서 그분을 지극정성으로 대했다는 대목이지요. 그런 그분을 아무리 시할아버지의 충신이라고 해도 결국 일개 신하에 불과한 정도전이 시할아버지의 승인 없이 죽일 수 있습니까?"

"그 이야기는."

"확단할 수 없지만 시어머니의 입을 통해서 시할머니 즉 신의왕후께서 말씀하신 이야기를 들었는데, 시할머니께서 주상의 집안 문제에 대해 심각한 이야기를 하였답니다. 말인즉 목은 이색의 운명과 연계하여 말씀하셨습니다. 그분이 지은 주상의 집안 내력이 참이면 이색을 죽이지 않을 것이고 만약 참이 아니라면 죽임을 면치 못할 것이라고."

순간 세종의 표정이 심각하게 변화되었다.

"나 역시 정도전 일파에 의해 죽임을 당했다는 부분에 대해서는 반신반의했었소. 그렇다고 그 일을 아버지와 연계시키기에는 무리가 있다 판단하였소."

"주상도 의심은 했었다는 말씀이네요. 그렇다면 결국 주상의 뿌리에는 여진인의 피가 흐른다는…."

왕후가 실망스런 표정을 짓자 세종이 차마 대답하지 못하고 있었다.

"이제 시어머니와 시아버지의 갈등에 대해 제 생각을, 시어머니께서 언급하신 내용을 전하겠습니다. 그를 종합해보면 두 사람은 쉬이 어울릴 수 없는 배경을 가지고 있던 거지요."

왕후가 잠시 말을 멈추고 다시 이어갔다.

"말인즉 시어머니는 고려의 권문세족 출신입니다. 그러나 시아버지는 한낱 변방의 무인 가문 출신으로 두 사람 사이에는 쉽사리 함께할 수 없는 많은 요인들이 존재했습니다. 그 과정에서 시어머니께서는 고려보다 나은 사회를 갈망했는데 시아버지는 오로지 자신의 영달만을 삶의 목표로 삼은 게 두 분 사이에 풀 수 없는 갈등으로 자리매김하지 않았나 보고 있습니다."

술잔을 만지작거리던 세종이 가볍게 한숨을 내쉬었다.

"부인, 잠시 멈추고 한잔 듭시다."

"저는 이제 그만 마시렵니다. 그러니 저는 개의하지 마시고 잔을 비우시지요."

왕후의 부드러운 제안에 세종이 천천히 잔을 기울였다. 잔을 내려놓은 세종이 길게 한숨을 내쉬었다. 이번에는 왕후가 안주를 챙겨주지 않고 세종의 일거수일투족을 가만히 바라보았다.

"부인, 이제 그만하면 아니 되겠소?"

"모든 걸 제자리로 돌리고 싶은 마음에 그러합니다. 주상이 가만히 생각해보십시오. 지금 이 나라가 지향하는 바가 무엇인지."

"내가 부인의 마음을 모르는 바 아닙니다. 그러나 아버지로부터 물려받은 이 자리인데, 내가 어찌 처신해야겠소?"

"서방님!"

왕후가 간곡하게 세종을 부르자 세종이 순간 어깨를 움찔거렸다.

"시할아버지와 시아버지의 경우를 상세하게 살펴보십시오. 그 두 분이 어떻게 보위에 올랐는지."

"그야 두 분은 스스로의 힘으로 보위에 오르셨지요."

대답하는 세종의 말에 힘이 빠져 있었다.

"바로 그런 차이입니다. 권력이란 주어지는 게 아니라 쟁취하는 것입니다. 그래야 자신의 의지에 따라 사용할 수 있고요."

"지금의 내 경우를 살피면 그럴 수 없는 입장 아니오?"

"왜 그렇게만 생각하십니까. 시할아버지께서 보위에 있을 당시 시아버지께서 하신 행동들을 세심하게 살펴보십시오."

"결국 부인은 아버지를 이쯤에서 내치라는 말입니다."

"제가 내치라면 주상이 그럴 수 있는지요?"

"절대 그럴 수는…."

왕후가 가만히 미소지었다.

"왜 그러시오."

"그래서 태상왕을 내치라는 이야기가 아니라 보위를 쟁취하시라는 말입니다."

세종이 의아한 표정을 지으며 스스로 잔을 채워 들이켰다.

"부인에게 방법이 있는 모양인데 말해보겠소."

"주상의 성정으로는 태상왕을 내칠 수는 없는 노릇이지요. 그래서 방법을 달리하여 태상왕의 시선을 돌리려 합니다."

"시선을!"

"태상왕께 새로운 여인을 후궁으로 들이려 합니다."

"그게 무슨 말이오. 방금 전에 부인이 숙선옹주에 대해 부정적으로 이야기하지 않았소. 그런데 다시 후궁이라니요?"

말과는 달리 세종의 표정에 호기심이 가득 들어차고 있었다.

"얼마 전에 태상왕이 숙공궁주를 사가로 돌려보내지 않았습니까?"

숙공궁주 김씨는 평안도 관찰사를 지낸 김점의 딸로 1411년 명빈 김씨, 소빈 노씨와 함께 후궁이 되었던 여인이다. 그런데 그녀의 아버지인 김점이 평안도 관찰사로 있을 때 뇌물을 받아 챙기고, 이를 통하여 부를 축적하였다는 상소가 올라오자 태종은 사건을 공정하게 판단하겠다는 명분으로 1421년 10월에 그녀를 친정으로 돌려보냈다.

"그런 일이 있었지요. 그런데 그 일은 왜?"
"그녀를 대신하여 새로이 후궁을 들이려 합니다."
세종이 의미심장한 표정을 지으며 후궁을 되뇌었다.
"결국…."
"그래요, 태상왕의 관심을 돌리는 데에는 그저 여인밖에 없다는 생각입니다."
"부인이 생각해둔 여인이 있습니까?"
"그 부분은 제게 전적으로 일임하여 주기 바랍니다."
왕후가 힘주어 이야기하자 세종의 표정이 아리송하게 변해갔다.

신순궁주와 혜순궁주

신순궁주와 혜순궁주

*
*
*   "일전에 준 계책을 실행에 옮기려 합니다."

정월 신년하례를 구실로 궁궐에 들어온 여인, 대비를 모시다 대비 사후 대비의 어머니인 송 씨를 모시고 있는 이 씨(후일 신순궁주)가 방에 자리 잡자마자 왕후가 담담한 표정을 지었다.

"당연히 분부 따르도록 할 것입니다."

왕후가 상궁에게 다과를 들이라 지시내리고 여인에게 가까이 다가앉아 부드럽게 손을 잡았다. 여인이 가느다란 미소를 보내고 있었다.

"대부인 마님 근황은 어떠신지요?"

"마마의 배려에 힘입어 그 어느 때보다도 평안하게 지내고 계십니다."

대비의 사후 왕후의 적극적인 배려가 이어지고 있었다. 또한 대부인의 낙으로 자리매김한 술은 매일 공급하고 있었다.

"사시는 동안이라도 마음의 평안을 누리셔야 할 터인데."

왕후가 천장을 바라보며 가볍게 한숨을 내쉬었다.

"중전마마, 삼한국대부인께서 드시었습니다."

시어머니 원경왕후가 한 많은 삶을 내려놓고 기어코 영면에 들어갔다. 그다지 길게 삶이 이어지리라 생각하지 않았지만 이 씨와 함께 시어머니를 마주하고 얼마 지나지 않은 여름에 기어코 생명의 끈을 놓아버렸다.

대비의 빈전에서 조용하게 곡하던 왕후의 귀에 친숙한 목소리가 들려와 고개 들자 대비를 모셨던 여인 이씨가 바라보고 있었다. 그 옆을 바라보자 대비의 어머니인 송 씨 부인이 잔잔한 표정을 지으며 자신을 바라보고 있었다.

"대부인 마님께서…."

왕후가 곧바로 자리에서 일어나 대부인의 손을 잡았다. 마치 그 순간을 기다렸다는 듯 대부인의 다리가 순간적으로 꺾이며 자연스럽게 부복 상태를 이루었다.

"마님!"

왕후와 여인이 동시에 소리 지르며 급히 대부인의 양쪽을 부축하며 자리 잡았다. 세 여인이 자연스럽게 대비의 빈소를 향하는 형국이 되었다.

"숙덕아!"

외마디 소리를 지른 대부인이 마른 울음을 터트렸다. 두 여인이 그 모습을 살피며 서럽게 곡하기 시작했다. 그 곡이 대비를 향한 곡인지 혹은 눈물도 흐르지 않는 상태에서 오열하는 대부인을 위한 슬픔인지 구분되지 않았다.

그러기를 한동안, 대부인이 이 씨를 바라보았다. 이 씨가 자리에서 일어나 저만치에 놓은 보따리를 들고 돌아와 대부인 앞에 놓았다. 대부인이 힘들게, 나오지도 않는 눈물을 흘리며 천천히 보따리를 풀었다.

보따리를 풀자 정갈하게 만든 전이 접시에 소복하게 놓여 있었다. 그를 집어 든 대부인이 조심스럽게 몸을 움직여 상 위에 올려 놓았다.

"대부인께서 노구를 이끄시고 손수 빚은 전입니다."

이 씨가 왕후에게 설명을 곁들이자 왕후의 입에서 다시 오열이 터져나왔다.

"우리 숙덕이 가장 좋아하던 음식인지라…."

말을 채 끝맺지 못한 대부인이 힘겹게 몸을 움직여 왕후의 들썩이는 어깨를 가만히 쓰다듬었다.

"마마, 이제 진정하시지요."

왕후의 오열이 멈출 기미를 보이지 않자 이 씨가 왕후의 팔을 잡았다. 왕후가 잠시 고개 돌려 이 씨와 대부인을 바라보며 소매로 눈가를 훔쳤다.

"송구하옵니다, 대부인 마님."

"아니오. 오히려 내가 중전에게 고맙다고 해야지요. 못난 내 딸을 대신해서 이리도 염려해주시니 내 그저 고마울 따름입니다."

"못나다니요?"

왕후가 반문하고 이 씨를 바라보았다.

"이 어미를 두고 먼저 떠나갔으니 그보다 더 큰 불효가 어디 있다는 말입니까!"

대부인의 진정을 헤아린 두 여인이 깊게 한숨을 내쉬었다.

"대부인 마님, 제가 모시겠습니다."

옷매무시를 가다듬은 왕후가 대부인의 팔을 잡자 다른 팔을 이 씨가 잡아 부축했다. 이어 바로 옆에 있는 방으로 자리를 옮기고 왕후가 궁녀들로 하여금 술과 안주를 들이라 지시했다. 왕후의 지시에 따라 미리 준비해 두었던 술상이 들어오자 상을 가운데에 두고 세 여자가 둘러앉았다.

"중전, 내가 이곳에 오면서 은연중 들은 말인데, 상왕이 내

딸의 장례를 간소화하겠다는 이야기를 들었어요."

왕후가 대부인의 잔을 채우기 무섭게 대부인이 잔을 들며 말문을 열었다.

"저 역시 얼핏 그런 이야기를 들었습니다. 기존의 삼년상을 폐하고 49재를 지내고 상을 마무리하라는 이야기 말입니다."

"중전마마, 그게 가능합니까?"

이 씨가 슬그머니 목소리를 높였다.

"어림도 없는 소리지요. 그저 상왕의 희망사항일 뿐입니다."

"상왕의 명이라면…."

왕후가 단호하게 언급하자 이 씨가 의아한 표정을 지었다.

"대부인 마님, 그 일은 조금도 걱정하지 않으셔도 됩니다. 아직도 상왕이 자신의 분수를 모르고 설치는 것뿐입니다."

왕후가 격앙된 표정을 지으며 두 사람을 번갈아 바라보았다.

"지금 그뿐만 아닙니다. 주상과 저는 시어머니의 영혼을 달래주기 위해 그 곁에 사찰을 세우려는 계획까지 잡고 있습니다."

왕후가 다시 격앙된 표정을 지으며 말을 이어가자 대부인이 잔을 비우고 왕후의 손을 잡았다. 왕후가 대부인의 자세가 편치 않음을 살피고 대부인에게 몸을 기울였다.

"이렇게 고마울 수가…."

"비록 시어머니이지만 제게도 어머니입니다. 다만…."

왕후가 중간에 말을 멈추자 대부인과 이 씨의 얼굴이 순간적으로 경직되었다.

"어머니의 영혼을 달래주기 위해 사찰을 세우려는 계획은 차질을 빚을지 몰라 말씀드립니다. 상왕이 절이라면 너무나도 치를 떠는 통에…."

"상왕께서 특히 부처님의 자비를 구해야 할 터인데…."

"차마 겁이 나서 그런 모양입니다."

이 씨의 언급에 왕후가 냉소적인 반응을 보였다.

"그 죄를 어찌 씻으려 하는고."

대부인이 힘들게 혀를 차며 나무관세음을 읊조렸다.

"대부인 마님, 이제부터는 주상과 제가 대부인 마님을 정성껏 보필할 것이옵니다."

"그저 말만으로도 고맙습니다."

대부인의 핏기 없는 얼굴에 미세한 미소가 감돌았다.

"며칠 후 곧바로 사돈을 태상왕전으로 들이려 합니다."

"그런데 제가 나이 30 중반인데 그리고 과부인데, 태상왕이 선뜻 받아들일까요?"

왕후가 가만히 이 씨를 살펴보았다.

"비록 나이가 있고 또 과부이지만 아이를 낳지 않아 그런지 여느 처녀들 몸매 부럽지 않을 정도입니다."

"너무 과찬이십니다."

말과 동시에 이 씨가 슬그머니 미소를 보였다.

"비록 나이는 있지만 사돈께서는 여자인 내가 보아도 상당히 마음이 끌릴 정도입니다. 그러니 그런 걱정은 조금도 마시고 시어머니를 모셨던 것처럼 자연스럽게 행동하시면 될 듯합니다."

"내 신명을 다 바칠 것입니다."

"그리고 차후의 일정에 대해서도 말씀드리도록 하겠습니다. 사돈께서 입궁하신 이후 곧바로 군자감을 역임했던 이운로의 딸을 역시 후궁(혜순궁주)으로 들일 예정입니다."

"그 사람의 딸이라면 혹시 저처럼…."

"물론 그 사람도 과부입니다."

이 씨가 과부를 되뇌며 왕후를 주시했다.

"혹시 저를 위해…."

"당연합니다. 사돈께서 원활하게 일을 추진할 수 있도록 배려 차원에서 그리할 것입니다."

"그런데…."

"주저말고 말해보세요."

"제가 태상왕전으로 들게 되면 저에 대한 신분이 즉각 노출될 터인데 저쪽에서 의심하지 않을까요?"

이 씨의 질문에 왕후가 가볍게 혀를 찼다. 이 씨가 그를 살피며 의아한 표정을 지었다.

"태상왕께서 그렇게 사려가 깊었다면 우리가 지금 이렇게 모진 생각이나 할 수 있었겠어요."

이 씨가 잠시 생각에 잠겨들다 역시 가볍게 한숨을 내쉬었다.

"그리고 두 분이 태상왕전에 자리 잡을 때쯤 정식 가례를 통해 여인들을 다시 들여보내려 준비하고 있습니다."

"곧바로 말인가요?"

"지금 물색 중이고, 얼추 마무리되어가고 있으니 차질은 없을 겁니다."

"물색 중이라 하셨는데 그와 관련하여 귀띔을 주실 수 없는지요."

"지금 상호군 조뇌의 딸(후일 의정궁주 조씨)을 포함하여 세 명의 여자를 준비 중에 있습니다."

"혹시 그 여자들도 과부…."

"아닙니다. 세 사람은 모두 처녀들입니다."

"태상왕께서 말년에 여복이 터졌습니다."

"이번에 끝을 보아야지요."

왕후의 얼굴이 순간적으로 경직되었다.

의정궁주 조씨는 1422년 2월 소헌왕후가 다른 두 여인과 함께 간택을 통해 태상왕의 후궁으로 들이길 청하는데 처음에는 이방원이 자신이 늙었다는 이유로 고사한다. 그러나 소헌왕후가 재차 간택을 청하자 의정궁주만 들이라 물러선다. 그러나 태종은 그녀를 궁에 들이지 않은 채 1422년 5월에 사망하게 된다.

이에 직면하자 세종은 조 씨를 책봉할 때 정식 가례색을 통해 입궁하였지만 빈이 못되었고 빈보다 아래인 잉첩으로 취급하여 궁주 작위를 내린다. 이후 그녀는 재가도 못하여 홀로 지내다 1454년(단종 2년) 2월 7일 사망하게 된다.

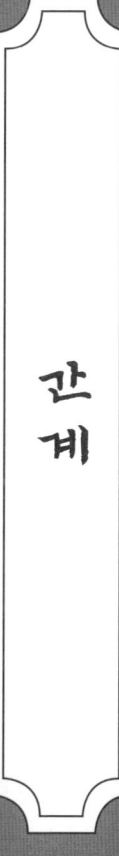

간계

간계

*
*
* "부인, 아버지께서 위독하신데 한번 가서 뵈어야 하지 않겠소?"

저녁 무렵 왕후가 공비전에서 홀로 쉬고 있는 중에 세종이 예고도 없이 찾아들었다. 들어선 세종의 얼굴이 상기되어 있었다.

"그게 무슨 말씀이십니까. 들리는 바에 의하면 바로 며칠 전에도 주상과 함께 동교로 나가서 매사냥 구경하고 돌아왔다고 하던데요."

"그 말은 맞소. 그런데 갑자기 건강이 악화되고 있다 하오."

"무슨 이유로 그리 건강하시던 분이 그 지경에 이르렀나요?"

"어의들 말로는…."

세종이 차마 다음 말을 잇지 못했다. 그를 살피며 왕후가 자리를 권하자 세종이 자리 잡고 그 앞에 왕후 역시 자리 잡았다.

"혹시 지나치게 여색을 밝혀서 그런 게 아닌가요?"

"어의들 이야기로는 그렇다고들 합디다."

말을 마친 세종의 표정에 의구심이 들어차기 시작했다.

"그 표정은 무슨 의미인가요?"

"공교롭게도 부인이 두 여인을 들인 이후 그런 일이 발생했는지…."

세종이 의심의 끈을 놓지 못하고 있는 그 순간 시어머니 생전에 들었던 이야기가 떠올랐다. 물론 신순궁주 이 씨와 관련해서다. 이 씨가 30초반에 졸지에 과부가 된 저간의 사정에 대해 조심스럽게 설명해주었었다. 음기가 상당히 강한 여인으로 그 때문에 남편이 복상사로 사망했다고 했다.

그런 연유로 그녀를 점찍었고 또한 그녀와 같은 유형의 여인으로 과부인 이운로의 딸을 상왕의 첩 즉 후궁으로 들인 게다. 두 여인 모두 색기가 농후했던 관계로 태상왕이 비록 나이가 있지만 그저 관상용으로만 대하지 않을 터였다.

"그 두 여인은 태상왕의 말동무나 되어주라고 들였는데, 설마 태상왕께서 나이도 잊고 과부들까지 밤일에 끌어들이셨을라고요."

"나이가 무슨 상관이오, 그저…."

"그저 뭐란 말입니까?"

"아버지께서 워낙에 여인들을 좋아하셔서. 그리고 들리는 바에 의하면 아버지께서 두 여인을 가까이하신다고 합니다."

"물론 가까이한다는 이야기는 저도 들어서 알고 있습니다. 그런데 그 이유를 헤아려보니 말동무로서의 역할에 치중하고 있다 합니다. 그런 연유로 두 여인이 동시에 자리를 함께하고 말입니다."

왕후의 말에 세종이 잠시 침묵을 지켰다.

"곰곰이 생각해보니 부인 말이 일리 있어 보입니다. 이전에 부인이 가례색을 통해 들이려고 했던 여인들을 나이 탓으로 돌리며 내치신 일을 보니 반드시 혜순궁주와 신순궁주 때문은 아닌 모양이오."

왕후가 세종의 얼굴을 근심스런 표정을 지으며 바라보았다. 순간 며칠 전 만났던 신순궁주와의 일이 떠올랐다.

"그 누구도 의심하는 사람들은 없겠지요."

"당연합니다. 오히려 태상왕 곁을 한시도 떠나지 않고 있는 신녕궁주(신빈 신씨)와 정의궁주(의빈 권 씨)가 반기고 있을 정도입니다."

신순궁주의 말을 들으며 안도의 한숨을 내쉬었다.

"그래, 뭔가 변화는 보이지 않던가요?"

"간혹 속이 거북하다고는 하지만 그 모든 것이 매일 고기를 섭취해서 그런 것이라 판단하고 있습니다."

왕후가 태상왕전으로 들어가는 궁주에게 주문했었다. 태상왕에게 항상 찹쌀밥을 제공하라고. 찹쌀밥이 정상인들에게는 소화가 잘 되지만 정력 보충을 위해 매 끼니를 고기와 기름진 음식을 먹어 소갈증(당뇨) 증상을 지니고 있는 태상왕에게는 그야말로 쥐약이라는 말을 대비의 어머니인 송 씨 부인으로부터 들었던 터였다.

엄밀하게 이야기하면 대부인으로부터 그 이야기를 들은 게 아니었다. 생전에 대비가 태상왕이 저주스럽도록 미워서, 도저히 한 하늘 아래 함께할 수 없다는 생각으로 방법을 찾는 중에 용하다는 점쟁이로부터 그를 전해들었고, 대부인이 그 이야기를 왕후에게 언급했으니 결국 방법의 진원지는 대비였다.

다행스럽게도 그런 사실을 알고 있는 사람은 없어 보였다. 심지어 어의들도 찹쌀밥이 그저 나이 든 사람들에게 소화도 용이하여 건강에도 오히려 좋다고만 알고 전혀 문제 제기를 하지 않는다고 했다.

"밤일은 어찌하고 있습니까?"

"태상왕께서 왜 어린 여인 조 씨(의정궁주)를 거부하셨는지 그 이유를 아십니까?"

궁주가 말해놓고 쑥스러운지 얼굴색이 발갛게 물들었다.

"그러면 혹시…."

"저희 둘도 감당하기 힘들어서 그런 거지요."

"하기야…."

왕후가 가만히 궁주의 몸을 살펴보았다. 전과는 상당히 달라보였다. 전에는 그저 조신한 듯 보였지만 지금은 마치 살아 움직이듯 생동감이 넘쳐보였다.

"너무 무안합니다."

왕후의 눈빛의 의미를 눈치챘는지 궁주가 슬그머니 고개 돌렸다.

"무안할 일이 아니지요. 궁주께서는 태상왕과 그 일을 하고 싶겠어요. 오히려 제가 송구스럽지요."

"여하튼 태상왕은 저희 둘을 상대하기 위해 그 어느 때보다도 빈번하게 고기와 기름진 음식을 섭취하여 정력을 보충하고 있는 실정입니다."

"우리가 원하던 대로 일이 진행되고 있다니 천만 다행입니다."

궁주가 슬그머니 대화를 바꾸어 나갔다. 그 의미를 알아챈 왕후가 역시 그녀에게 보조를 맞추어주었다.

"다른 지시사항은 없는지요?"

"지시사항이라니요. 그저 고마울 뿐입니다. 지금도 고생하고 계신데, 설령 있더라도 더 이상 부탁드리지 않을 것입니다. 여하튼 지금처럼만 상태를 지속한다면 조만간에 그 결실이 이루어질 일입니다."

왕후의 당부에 궁주가 묘한 표정을 지었다.

"주상께서 보기에 상태가 어떤지요. 호전될 기미는 보이지 않는가요?"

"잠시 전에도 이야기했지만 지금까지 혈기왕성하게 지내셨었는데 갑자기 저러시니 나로서도 알 길 없소."

"어의들은 뭐라 하나요?"

"어의들도 정확하게 진단하지 못하고 있소. 워낙에 건강하셨던 분이니 말이오."

"전혀 짐작도 못하던가요?"

"그러니 답답할 뿐입니다."

정말로 답답한지 세종이 천장이 무너져 내려라 한숨을 내쉬었다.

"주안상을 올리라 할까요?"

"아버지께서 위독하신데 내 어찌 편하게 술을 마실 수 있겠소."

"근심을 잊으라는 이야기지요. 여하튼 주상은 천하의 효자입니다, 효자."

세종이 효자를 되뇌며 실없이 미소를 흘렸다.

"무슨 의미인가요?"

"부인의 효자라는 소리가 아무런 의미가 없다 생각들어 그렇소. 아버지가 위독한데 내가 할 수 있는 일은 아무것도 없다 생각하니 그런 생각 일어났다오."

세종이 가볍게 한숨을 내쉬자 왕후가 애처롭다는 듯 가벼이 혀를 찼다.

"부인은 왜 그러시오."

"문득 시아버지와 시어머니 사이에서 그동안 주상의 마음고생이 얼마나 심했을까 하는 생각이 일어나 그렇습니다."

"부인이 그렇게 말해주니 마음이 한결 가볍소."

"아울러 시어머니께서는 어떠셨을까 하는 생각 일어납니다."

"왜 갑자기 어머니 이야기는…."

어머니 원경왕후의 일을 거론하자 세종의 표정이 굳어졌다.

"주상, 혹시 시아버지를 거쳐간 여인들 즉 실질적인 후궁이 몇인지 알고 있습니까?"

"내가 어찌…."

대답하기 난감한지 세종의 눈이 동그랗게 변해갔다.

"내가 알고 있는 여인만 열일곱입니다, 열일곱."

세종이 한숨을 내쉬며 열일곱을 되뇌었다.

조선, 첫 단추를 잘못 꿰다

조선, 첫 단추를 잘못 꿰다

*
*
* "마마, 정말 걸어가시겠사옵니까?"

"내 그런다고 하지 않았느냐."

잠시 호전되는 듯한 기미를 보였던 태상왕이 연화방 신궁으로 옮긴 순간 유명을 달리했다. 그 소식을 접하자 왕후가 소복으로 갈아입고 김 나인에게 길 나설 차비를 하라 지시했다.

"여기서 가자면 그리 가까운 길이 아닌…."

그렇다고 멀지도 않았다. 그러나 왕후가 걸어서 간다고 하니 지레 걱정이 앞섰던 모양으로 슬그머니 말을 흐렸다.

"내 서두르고 싶지 않아. 그렇게 알고 천천히 걸어가자꾸나."

태상왕이 결국 유명을 달리했다는 전갈을 받는 순간 이상하게도 마음이 차분하게 내려 앉았다. 그동안 태상왕이 하루빨리 세상을 달리했으면 하고 간절히 원했는데 막상 그런 일이 일어나자 심지어 허탈하다는 생각까지 일어났다.

그 이유가 무엇인지 헤아려 보았다. 그러다가 문득 애증이란 단어가 떠올랐다. 이어 실소를 터트렸다. 태상왕과 관련해서는 오로지 미움만이 존재했던 터였다. 결국 미움의 대상이 더 이상 같은 공간에 존재하지 않는다는 이유에서 발현된 안도감 때문이라는 생각에 도달하게 된다.

"그래도…."

"번거롭게 하지 말고 너와 단둘이 길을 나서자꾸나."

왕후가 김 나인의 반응을 무시하고 방을 나서자 내명부의 모든 궁인들이 길 나설 차비를 하고 기다리고 있었다. 왕후가 그 모습을 보고 이마를 살짝 찡그렸다.

"다른 궁인들은 모두 이곳에 머물라고 하거라."

"마마, 어찌…."

"내가 걱정되어 그러는 모양인데 괘념치 말거라. 어차피 지금쯤이면 이곳에서 연화방 신궁까지 포졸들이 삼엄하게 경계를 펼치고 있을 거야."

"마마, 그래도…."

"지금 네 나이 어떻게 되느냐?"

왕후가 뜬금없는 질문을 던지자 김 나인이 시선을 주변으로 돌렸다. 대기하고 있던 많은 궁인들이 두 사람의 대화를 들었는지 걱정스런 표정을 짓고 있었다.

"네 나이를 물어보지 않았느냐."

"지금 열일곱이옵니다."

재차에 걸쳐 질문이 이어지자 김 나인으로부터 즉각 대답이 흘러나왔다.

"너를 바라보면 자꾸 시어머니 생각이 나는구나."

"작고하신 대비마마를 말씀하시는 건가요?"

"그러면, 그분 말고 내 시어머니가 따로 있느냐?"

"그건 아니옵니다."

왕후가 농담조로 말을 건네자 김 나인이 화들짝 놀라며 즉각 반응했다.

"대비께서 너를 내게 추천한 일은 잊지 않고 있겠지?"

"당연하옵니다, 마마."

"너는 왜 대비께서 너를 내게 보내주었는지 알고 있느냐?"

"저는…."

김 나인이 차마 대답하지 못하고 있었다.

"대비께서 너의 본성을 보신 거야, 본성."

"본성이라니요?"

"너의 착한 심성 말이야."

김 나인과 가볍게 대화를 나누며 궁궐 문을 나서자 곳곳에 칼과 창을 든 포졸들이 삼엄하게 경계를 펼치고 있었다.

"사람이란 항상 한 치 앞을 보아야 하느니라."

"마마, 무슨 말씀이시온지요?"

"너는 궁에서 나오기 전에 내 안위에 대해 지레 겁을 먹지 않았느냐. 그런데 지금도 그러하느냐."

"아니옵니다. 제 생각이 짧았습니다."

왕후가 김 나인에게 고개를 돌렸다. 얼굴에 미세하게 당혹스런 표정이 들어차고 있었다.

"너는 주상을 어떻게 생각하느냐?"

"네!"

김 나인이 목소리에 더하여 눈까지 동그랗게 변화되었다.

"주상을 어떻게 생각하고 있느냐니까?"

"모든 백성의 어버이….."

김 나인이 이번에도 말을 끝까지 잇지 못하고 안절부절못하고 있었다.

"너무 어려워 말거라. 내 멀지 않은 시간에 너를 후궁으로 맞이할 테니."

"네!"

김 나인이 외마디 소리와 함께 가던 걸음을 멈추었다.

"왜 그러느냐?"

"마마, 소녀를 너무 놀리시는 게…."

"감히 무엄하게 왕후의 말을 농으로 받아들이는 게냐."

"절대 아니옵니다, 마마. 저처럼 천한 것이 어찌…."

"내게는 귀하고 천함이 아니라 네가 지니고 있는 진솔한 본질만이 보이는구나."

김 나인, 원래 내자시(왕실에서 쓰이는 물자를 관리하던 부서)의 노비였으나 세종 즉위년인 1418년에 원경왕후의 눈에 들어 소헌왕후의 궁인이 되었다. 후일 세종의 승은을 입고 정2품 소의를 거쳐 종1품 귀인에 진봉되고 이어 정1품인 신빈(愼嬪)에 책봉된다.

그녀는 생전에 계양군을 포함 6남 2녀를 낳을 정도로 세종의 총애를 받았고 소헌왕후 역시 그녀에게 아들 영응대군을 맡길 정도로 총애했다. 그녀는 세종이 죽자 불가에 귀의하며 한평생을 마감한다.

"그러니 내게만 신경쓰지 말고 앞으로는 티 나지 않게 내명부가 돌아가는 형국을 상세하게 살피도록 하거라."

"마마, 제게 어찌…."

"너를 볼 때마다 자꾸 시어머니 생각이 나는구나."

김 나인의 반응에는 아랑곳하지 않고 왕후가 시선을 저 멀리로 던지고 있었다. 연화방 신궁이 시선에 들어오고 있다는 착각에 빠져들었다.

"어머니, 이렇게 허무하게 가시면 아니 되옵니다!"

생의 막바지를 향하던 대비가 그날 밤을 넘기기 힘들다는 전갈을 받고 왕후가 저녁 무렵에 수강궁에 도착하자 대비의 호흡이 심하게 흔들리고 있었다. 호흡뿐만 아니라 이미 저세상의 경계에 다다른 듯 눈이 굳게 잠겨 있었다.

"어머니!"

왕후가 오열과 함께 대비의 상체를 잡고 흔들자 간절하게 부르는 소리를 들었는지 대비의 눈이 천천히 떠지고 있었다.

"어머니, 저예요. 어서 정신 차리시고 일어나셔야지요!"

대비가 힘들게 눈을 깜박이며 왕후를 바라보았다.

"어머니, 저예요. 알아보시겠어요!"

"내… 불쌍한… 며느리… 너를 두고… 내 어찌 눈을… 감을꼬."

대비가 그 순간까지 아끼고 남겨놓은 힘을 모두 소진하기라도 하듯 힘들게 입을 열었다.

"눈을 감다니요. 어서 일어나셔야지요."

왕후의 재촉에 대비의 말이 띄엄띄엄 이어지고 있었다.

"당연히 그리해야 할 일이건만, 아버지와 동생들이 자꾸 나를 부르고 있어. 이제 그만 아버지와 동생들과 함께해야 할 듯하네."

대비의 눈에 헛것이 보이는 모양이었다.

"어머니, 정신 차리세요!"

오열과 함께 왕후의 다그침에 대비가 띄엄띄엄 생의 마지막 말을 토해내기 시작했다.

'지금 와서 돌이켜 생각해보면 자신의 남편 이방원을 왕으로 만든 일이 저주스러울 정도로 후회된다고 했다. 아울러 앞으로 이 나라는 상왕이 보인 본보기의 굴레에서 절대 벗어나지 못할 거라고 했다.

그와 관련하여 왕후가 그 굴레를 벗어나도록 혼신의 힘을 기울이겠다고 전하자 대비께서 단호하게 말했다. 이 조선은 첫 단추를 잘못 꿰었고 그로 인해 이 씨들이 왕으로 군림하는 동안에는 절대 그 상태에서 벗어날 수 없다고.'

힘들게 말을 마친 대비가 눈을 뜬 채 기나긴 잠속으로 빠져들어 다시는 입을 열지 않았다. 그 모습을 바라보며 왕후가 천천히 눈을 감기기 시작했다. 눈을 감기는데 방금 전 대비께서 남긴 마지막 말이 자꾸 뇌리를 휘감았다.

'조선은 첫 단추를 잘못 꿰었고 그로 인해 이 씨들이 왕으로 군림하는 동안에는 절대 그 상태에서 벗어날 수 없다.'

이상하게도 마음이 평안해지기 시작했다. 전혀 그럴 이유가 없음에도 불구하고 방금 전까지 오장육부를 후벼 팔 정도의 슬픔이 흔적도 없이 사라지고 있었다. 그러자 왕후 자신도 모르게 입에서 실소가 흘러나왔다.

"중전마마, 이제 그만 자리를 옮기시지요."

그 순간 귀에 익은 목소리가 들려와 고개 들자 경녕군의 어머니인 김 씨(후일 효빈 김씨)가 자신을 바라보고 있었다. 왕후가 오전에 김 나인을 통해 김 씨에게 소식 전하고 김 나인으로 하여금 함께 궁에 들도록 배려했었다.

"언제 오셨나요?"

왕후가 자리에서 일어나며 김 씨의 손을 잡고 천천히 이동했다.

"마마께서 전해주신 전갈을 받자마자 바로 달려왔습니다."

"어머니와 말씀은 나누셨는지요?"

김 씨가 잠시 주저하다 울먹이며 말을 이었다.

"그저 제게 미안하다고…."

"다른 말씀은 없으셨나요?"

"미안하다는 말씀만 되풀이하셨습니다."

김 씨가 참지 못하고 결국 울음을 터트렸다. 왕후가 대비가 김 씨에게 남긴 말의 의미를 훤히 알겠다는 듯 김 씨의 손을 잡고 옆방으로 옮겨 함께 자리했다. 저만치에서 김 씨의 아들 경녕군이 애틋한 표정으로 바라보고 있었다.

왕후가 잠시 걸음을 멈추고 치를 떨었다.

"마마, 어디 불편하신지요?"

김 나인이 걱정스런 표정을 지으며 왕후를 바라보았다.

"아니다, 잠시 돌아가신 대비마마 생각을 하였어. 문득 대비마마가 그리워서 말이야."

대비란 소리에 김 나인의 얼굴이 순간적으로 침울하게 변해갔다.

"왜, 너도 대비마마가 보고 싶니?"

빤한 질문을 한다 싶은 생각을 한 왕후가 저만치에 모습을 드러내고 있는 연화방 신궁을 바라보았다.

"내가 너무 빤한 걸 물어보았구나. 그런데 대비마마께서 돌아가시기 전에 내게 무슨 말을 주셨는지 아니?"

김 나인이 대답 대신 눈을 동그랗게 뜨고 왕후를 주시했다.

"대비께서 그러시더구나. 이 나라는 첫 단추를 잘못 꿰었고 그로 인해 미래를 설계하지 못할 거라고."